追放された不遇職『テイマー』ですが、

2つ目の職業が

万能職『配合術師』だったので

俺だけの最強パーティを作ります

1

志鷹 志紀
Shitaka Shiki

illust.
弥南せいら

CONTENTS

Presented by

Shitaka Siki × Minami Seira

第一章 × 配合術師への覚醒

「アルガ、お前をパーティから追放する」

宿屋の一室に呼び出された俺は、扉を開けた瞬間にそう告げられた。……突然のことで、理解が追いつかない。

「え、えっと……ごめん。なんの話？　ついていけないんだけど……？」

「耳も頭も悪いな。アルガ、お前を追放するって言ったんだ」

追放を告げた男、カナトは周りに女の冒険者を3人侍《はべ》らせながら、俺を睨みつけていた。当然のように、その女たちも俺のことを睨みつけている。汚いものを見るかのような、そんな眼差しを俺に送っていた。

「いや、追放って……俺、なんかした？」

「アンタは!!　いらないのよ!!　アンタが『テイマー』だから!!」

カナトにベッタリと胸を押し付けている治癒師、ラトネはヒステリックにそう叫んだ。金切《かなき》り声が煩《わずら》わしい。これだから彼女のことは嫌いなんだ。

『テイマー』とは、テイムという特殊な魔法を扱い、魔物を仲間にできる職業だ。仲間にした魔物は普段、自身の影に収納される。収納可能な魔物の数は、総魔力量に比例する。俺の影の中にも、現在のところ10匹の魔物が収納されている。

「いやいや、テイマーだからって……そんな理不尽な」

「確かに魔物を仲間にできるという点はスゴいッス。でも……仲間にした魔物の数だけ、食費や管理費はかかるッスよね？　アルガさんの存在自体が、ボクたちを逼迫《ひっぱく》した状況に追い込んでいる自覚はあるッスか？」

カナトにベッタリと胸を押し付けている武闘家、サンズはネチネチとそう告げた。29歳なのに若者を装った一人称と語尾が煩わしい。これだから彼女のことは嫌いなんだ。

「そんなこと言われても……俺がテイマーなことは加入した初日に伝えただろ？」

「魔物を仲間にできるという点が珍しいから仲間にしたようですけど、実際は本人のレベルが上がらないと弱小の魔物しか仲間にできないじゃないですか。レベルが上がれば強い魔物も仲間にできるそうですけれど、仲間の魔物と経験値が分散されるからレベルアップも遅いですし。おまけに『戦士』などの前衛職のように身体能力が強化されるわけでもなく、『魔法師』などの後衛職のように魔力が上昇するわけでもない。魔物がいなかったら、ただの貧弱な一般人です。私たちの中で一番レベルが低いですし、一番弱いことを自覚していますの？」

カナトにベッタリと胸を押し付けている治癒師、ナミミはため息を吐きながら質問してきた。こちらに罪悪感を抱かせるような、その態度。これだから彼女のことは嫌いなんだ。

「え、これまで3人が言っていること……全部、俺の責任か？　加入したその日に、全て説明しているだろ？　お前たちのミスだろ？」

「こいつらの言っていることもそうだが……一番の理由は、お前がいると俺たちの評判が悪くなるんだ」

「は、はぁ？　どういうことだよ、カナト」

「お前、テイマーがなんて揶揄《やゆ》されているか知っているよな？」

「そ、それは……」

「『仲間の魔物がいなければ、クソの役にも立たない』『魔物に指示を出すだけの誰でもできる仕事』『虎の威を借る狐』、そして彼女たちが言ったことも全てひっくるめて『不遇職』と呼ばれている。そうだろ？」

「……あぁ」

世間一般的に、テイマーは嫌われている。

素の能力は低く、魔物頼りの戦闘。仲間の魔物がいなければ、クソの役にも立たない。レベルが上がれば強い魔物も仲間にできるが、仲間の魔物と経験値が分散されるからレベルアップも遅い。そのため、俺を含めたほとんどのテイマーは、レベルが10未満で仲間の魔物もE級以下の弱小ばかりだ。頼りの魔物たちも管理費等が別途かかるため、いくらカネがあっても足りない。

そういった点を全て含めて、テイマーは『不遇職』と揶揄されている。

「だけど、さっきから何度も説明したように、俺は加入時に全て説明しているぞ!!」

今から2年前、俺はカナトの仲間になった。テイマーの悪評は既に知っていたため、俺を仲間にすることのデメリットは全て説明している。だが……彼らはそれでも尚、笑顔で俺を受け入れてくれた。

当時はそれがスゴく嬉しく、救われたのだが……。

「あぁ、その通りだ。だが、そのことと俺が追放すること、いったいなんの関係がある？」

「……は？」

「お前を加入させたデメリットは既に聞いているが、だからといってお前を追放してはならない理由にはならないだろう？」

「……お前、本気でそんなことを言っているのか？」

パーティリーダーは加入した仲間のことを、どんなことがあっても守りきる。その代わり、加入した仲間は精一杯パーティに貢献する。それが俺の知る、パーティの姿なのだが。常識なのだが。

「……なるほど」

どうやら、俺が間違っていたようだ。

俺が信じていた常識は、彼らには当てはまらないようだ。冷酷に俺のことを睨みつける、4人の眼差しがそれを理解させた。

……これだから彼らのことは、嫌いなんだ。

「……わかった。出ていくよ」

「あぁ、さっさとしやがれ」

「本当に!!　クソみたいな男ね!!　早く出ていきなさい!!」

「どうせどこに行っても、何も成し遂げられないでしょうけれど……まぁ、せいぜい頑張ってくださいっス」

「二度と私たちの前に顔を出さないでくださいね。あなたのことは、心底嫌いですので」

2年前の思い出が蘇る。

歓迎され、喜ばれたあの日の思い出が。

……今では忘れたい、あの日の思い出が。

「……ガッカリだ」

罵詈雑言を背中に受けて、俺は部屋を出た。

◆

次の日、パーティから離脱したことを伝えるため、俺はギルドへとやってきた。

「次、番号札173番の方～」

「あ、はい」

ギルド嬢の間延びした声が、俺の番号札を呼んだ。しかし、実に長かった。ギルドにやってきてから、既に2時間が経過している。俺は追放されたことを報告しに来ただけなのに、どうしてここまで待たされるんだ。

そんな怒りを内に秘めて、俺は受付嬢のもとへと急いだ。

「今日はどうなさいました？」

「えっと……パーティから離脱したことを報告しに来ました」

「かしこまりました。そうしましたら、冒険者カードの提示をお願いします」

「あ、はい」

俺は内ポケットから冒険者カードを取り出す。俺の名前、レベル、ステータス。そして……加入しているパーティ名が記載されている。……その名前を見ただけで、昨日の怒りが蘇ってくるな。

「では、こちらの『カナトパーティ』の記載を削除いたしますね」

「えぇ、よろしくお願いします」

「あ、あと……こちらのギルドカードは2年前から更新されていませんが、この機会に更新されてはいかがですか？」

「え、あーぁ……そうですね。お願いします」

カナトたちとの日々は充実した毎日だったが、同時に過酷な日々でもあった。休日は年に1度あるかないか。当然ながら、冒険者カードの更新などできるハズもない。

「かしこまりました。そういたしましたら、こちらの水晶に手を翳《かざ》していただけますか？」

「えぇ、はい」

俺は提示された拳大《こぶしだい》の水晶に、右手を翳した。すると水晶の中に、オレンジ色の光が浮かんでくる。

「あの……これ、なんですか？　2年前はこんな水晶、無かったと思うんですが」

「最近導入された『ステータスチェッカー』ですね。以前まではレベルやステータス、職業は全て書類に記載していただいていたのですけれど、残念なことに偽る方が大勢いらっしゃったのですよ。そのことが冒険者様たちの中でも問題になりまして、今ではこのように水晶に手を翳《かざ》していただきましてステータス等を読み取る形式に変わりました」

「へぇ……ちなみにこのオレンジの光はなんですか？」

「さぁ？　わかりません。とにかく、この水晶で読み取った情報を、冒険者カードに転記させるだけですので」

それでいいのか、ギルドよ。わからないって……、もっとちゃんと教育をしっかりしろよ。

「さぁ、これで終了で……す？」

「？　どうかなさいました？」

「い、いえ。……少々お待ちいただいても、よろしいですか？」

「え、あぁ……はい」

ドタドタと奥の部屋に向かう受付嬢。

なんだろう、重大なトラブルでも発生したのか？　しばらくすると、受付嬢が戻ってきた。隣に身長2メートルはありそうな、屈強な男性を引き連れて。

「お待たせいたしました。わたくし、当ギルドのギルドマスターをやっております、ネミラス・ミラスルと申します」

「え、あ、ど、どうも……」

「まずはお先に、冒険者カードをお渡しいたします」

渡された冒険者カードを確認する。

【名　前】：アルガ・アルビオン
【年　齢】：18
【種　族】：人間
【等　級】：E
【職　業】：テイマー・配合術師
【レベル】：5
【生命力】：15／15
【魔　力】：10／10
【攻撃力】：5
【防御力】：5
【敏捷力】：5
【汎用スキル】：なし
【特殊スキル】：なし
【固有スキル】：なし
【魔法スキル】：なし
【職業スキル】：《仲間術《テイム》》LvMAX
《配合術《ミックス》》LvMAX

「……？」

相変わらず貧弱なステータスだ。

だが……見慣れない項目が存在する。

「なんですか、この『配合術師』と『《配合術《ミックス》》』って」

「申し訳ございません。我々も初めてお目にかかりましたので……恐らく名称から察するに、使役した魔物同士を掛け合わせることが可能な職業だとは思います」

「？　それ、テイマーの基本じゃないんですか？」

2匹の魔物を掛け合わせることで、新たな魔物を作成する。そんなこと、テイマーなら誰でもできることだろう。現に俺はテイマーになって3年が経つが、これは普通に行っていた。

「……失礼ですがお客様、テイマーになられて何年が経ちましたか？」

「えっと、ざっくり3年ですが？」

「テイマーとしての勉強は、学院で行いましたか？」

「いえ、独学ですが……」

「お客様の周りにテイマーのお知り合いの方はおられますか？」

「いえ、いませんけれど……」

なんだ、何が言いたいんだ。

受付嬢も驚きに満ちた表情をしているし、一体なんなんだ。

「……単刀直入に申し上げますが、それは普通のテイマーでは行えません」

「……え？」

「普通のテイマーは魔物を使役するだけです。手に入れた魔物を進化させることで新たな魔物を誕生させることは可能ですが、掛け合わせる……ここで言うところの〝配合〟させることで新たな魔物を誕生させることなど不可能です」

「……え？」

だったら俺がこれまで普通に行っていたことは、全て……『配合術師』としての能力だったというわけか？　俺は村出身で周りにテイマーなどいなかったが、まさか……こんなところで真実を知ることになるとは。

「さらに申し上げますと……お客様は『2つ目の職業《セカンド・ジョブ》』をお持ちのようです」

『2つ目の職業《セカンド・ジョブ》』？」

またしても聞きなれない単語だ。

配合術師の件だけでもお腹いっぱいなのに、まだ俺を驚かせたいのだろうか。

「ごく稀に……具体的には千年に一度ほどの確率で、ふたつの職業を所有する方が現れるのです」

「ふたつの職業……『戦士』と『武闘家』のふたつに就いているみたいな感じですか？」

「さようでございます。ふたつの職業に就いています故、当然ながらふたつの職業の恩恵を受けることが可能です。お客様が申し上げました『戦士』と『武闘家』であれば、『戦士』のように武具の扱いに長け、同時に『武闘家』のように徒手空拳《としゅくうけん》にも秀でている。と、いった具合でございますね」

「なるほど……」

そう考えると、『テイマー』と『配合術師』の相性はピッタリだな。魔物を仲間にできる『テイマー』と、その魔物を配合して新たな魔物を生み出せる『配合術師』。

考えれば考えるほど、これほどふたつの職業の利点が合致したものは存在しないだろう。

「ありがとうございます。色々と教えていただいて」

「いえ、そんな滅相もない。わたくし共の方こそ、知見を広げさせていただきまして感謝しております」

「あはは、いえいえ。それでは、この辺で失礼しますね」

「えぇ、アルガ様。またのお越しをお待ちしております」

ギルドマスターのネミラスさんと受付嬢に別れを告げ、俺はその場を去った。しかし……まさか、俺が千年に一度の逸材だとは。それに何人もの冒険者を見てきているであろうネミラスさんでも知らない、未知の職業『配合術師』に就いているとは。

俺がこれまで普通に行ってきた魔物の掛け合わせが〝配合〟と呼ばれる行為で、他のテイマーでは不可能な芸当だとは。

◆

今日は驚きでいっぱいだが、とりあえず帰ったらさっそく試してみよう。所持している魔物も10匹ほどストックがいるのだから、数は十分だ。

「よし、ここでいいか」

その日の晩、俺は街の近くの山にやってきた。辺りに誰もいないここなら、人目を気にすることなく配合術を行えるだろうという考えの基だ。

「とりあえず……ベースとなるのは、こいつらでいいか」

現状所持している中で、もっとも強い魔物を3匹ほど影から召喚する。

「ドラァ!!」

1匹目は『ベビードラゴン』だ。

大きさは俺の腰ほどで、重さは10キロほど。オレンジ色のウロコをしており、背中には小さな羽が生えているが飛ぶことはできない。二足歩行であり、腕は体の大きさに比べると多少大きく感じる。

「ウルー!!」

2匹目は『ベビーウルフ』だ。

大きさは小型犬ほどで、重さは5キロほど。灰色の毛が生えており、小さいながらも牙や爪はしっかりと携えている。ウルフだということを知らなければ、普通にイヌだと誤認してしまうだろう。

「ピキー!!」

3匹目は『スライム』だ。

大きさは俺の膝ほどで、重さは2キロほど。こいつとは長い付き合いで、これまでに幾度か配合を繰り返してきた。そのため、通常のスライムとは違ってオレンジ色をしているし、体の中からトゲを

生やすこともできる。

「念のため、現状のステータスを確認しておくか」

俺が念じると半透明の板が出現し、各魔物のステータスが表示される。この半透明の板は通称〝ウィンドウ〟と呼ばれている。

俺は3匹のウィンドウを開き、ステータスを確認した。

【名　前】：未定
【年　齢】：1
【種　族】：ベビードラゴン
【レベル】：10
【生命力】：5／5
【魔　力】：2／2
【攻撃力】：3
【防御力】：1
【敏捷力】：1
【汎用スキル】：なし
【種族スキル】：ベビーファイア　Lv 3

【固有スキル】：なし
【魔法スキル】：なし

【名　前】：未定
【年　齢】：1
【種　族】：ベビーウルフ
【レベル】：10
【生命力】：4／4
【魔　力】：0／0
【攻撃力】：2
【防御力】：1
【敏捷力】：3
【汎用スキル】：引っ掻き　Lv3
　　　　　　　　噛みつき　Lv4
【種族スキル】：なし
【固有スキル】：なし

【魔法スキル】：なし

【名　前】：ルル
【年　齢】：1
【種　族】：スライム
【レベル】：15
【生命力】：18／18
【魔　力】：9／9
【攻撃力】：11
【防御力】：6
【敏捷力】：2
【汎用スキル】：なし
【種族スキル】：ニードル　Lv8
火炎車　Lv4
【固有スキル】：なし
【魔法スキル】：下級の火球《ファイア・ボール》　Lv3

3匹のステータスが表示される。

ちなみに所持する魔物のステータスを確認したいときは、こうやっていつでもウィンドウを開くことで確認ができる。

だが人間にはウィンドウなど存在しない。

その代わりに、冒険者カードがウィンドウになるのだ。冒険者カードの裏面が、ウィンドウのようになっている。まぁ、それでも表示されるのは名前や年齢、レベルや攻撃力などの各数値だけなのだが。スキルや職業を確認したい場合は、ギルドで精密な検査を行う必要がある。俺が『配合術師』だと気付けなかった最大の理由だ。

「相変わらず、ひどいステータスだ。……まぁ、俺も人のことは言えないが」

自虐はこの辺にして、さっそく配合を始めよう。これまでの行い通りだと、配合はレベルが10を超えなければ行えないハズだ。だがしかし、これに関してはなんの問題もない。

魔物のレベルアップは人間よりも、数段早い。敵を倒したときに得られる経験値は俺と魔物たちで分散されるが、大体の場合において魔物たちのレベルが早々に俺を超す。経験値が分散されることが原因で俺のレベルアップは遅いが、その分、魔物たちの配合を行える回数が増えると考えると……仕方がないと受け入れるか。

「では、さっそく始めよう」

影の中にいる魔物の一覧を確認する。

またしてもウィンドウが表示され、そこには50ほどのマス目があった。50のマスの内、7マスには中に蹲《うずくま》った魔物の姿が確認できる。つまり俺の影の中には、7匹の魔物が眠っているということだ。

7匹の魔物の中から、1匹の魔物を選択する。選んだ魔物は『バット』だ。15センチほどのコウモリのような魔物で、超音波攻撃を得意とする。バットが眠るマスをタップすると、そのマスが大きく表示された。

「えっと、《配合術《ミックス》》……？」

これまでは無言で行っていたが、せっかく自分が配合術師だとわかったのだ。配合術《ミックス》と呟いた方が、配合をしている感じが出るだろう。


【『ベビードラゴン』と『バット』を配合しますか？】

【はい】【いいえ】


新たなウィンドウが表示される。

俺は【はい】を選択した。

「ドラァ!?」

ベビードラゴンの体が、金色に光り輝く。

そして光が晴れると――

「ドラァ!!」

ベビードラゴンの肉体は変容していた。

翼が若干大きくなり、また翼のウロコも漆黒に変わっている。変化はそれだけのようだ。どうやらバットの特徴を、うまく引き継ぐことができたようだ。

配合は成功したようだな。

「ステータスも確認してみよう」

【名　前】：未定
【年　齢】：1
【種　族】：ベビードラゴン
【レベル】：1
【生命力】：3／3
【魔　力】：1／1
【攻撃力】：1
【防御力】：1
【敏捷力】：2
【汎用スキル】：なし
【種族スキル】：ベビーファイア　Lv3

超音波　Lv2
【固有スキル】：なし
【魔法スキル】：なし

配合してレベルが下がったことにより、ステータスも下がってしまった。だがしかし、元のベビードラゴンよりはマシだ。ベビードラゴンはレベル3時点まで、全てのステータスが1だったからな。

このままレベルを上げれば、元のベビードラゴンよりも強くなれるだろう。

さらに新たなスキルも習得している。

超音波、これはバットのスキルだ。

スキルのレベルもバットのときと同じなので、どうやらスキルのレベルは継承されても下がることはないらしい。

「着実に強くなっている。これまではスライムしか試したことがなかったが、今後は……こいつらを主軸にどんどん配合を試そう」

ここでひとつ、唐突におもしろいことを思いついた。

「魔物同士の配合が可能なのならば……人間と魔物も配合可能なんじゃないか？」

魔物と人間の違い、それは大昔から議論されてきた。哲学的には、知性や品性があるものが人間であり、それらを持たないものが魔物であるという考え方だ。実際これは間違っていないだろう。

魔生物学的には、人間と魔物の相違はほとんどないという考え方だ。少々体のつくりが違うだけで、〝生き物〟という大きな括りに所属しているために相違はない、という。

ここは魔生物学の考え方に則《のっと》り、人間と魔物はそう変わらないという考え方をしよう。つまり……人間と魔物の配合は成功するという考えだ。

俺は配合素材を確認する。

ズラリと並んだ魔物から、1匹を選択。

クモ型の魔物、『レッサーアラクネ』だ。

「緊張するな……。失敗すれば、合成魔獣《キメラ》のようになるんだろうか」

動悸が激しい。発汗も凄まじい。成功すれば俺は魔物の力を有し、求める最強の座に近づける。失敗すれば……最悪の場合、〝死〟が待ち受けているだろう。

「大丈夫だ、大丈夫。俺なら大丈夫」

男は度胸。俺は——

「《配合術《ミックス》》!!」

配合を行った。

「お、おぉ!!」

瞬間、輝きだす俺の体。

この光が晴れたとき、俺の意識があることを願う。生きていることを、強くなっていることを、切に願う。

そして――そのときはやってきた。

「……生きているな」

光が晴れたとき、俺の意識はあった。

体にも特に異常はなく、鏡で顔を確認しても変化はない。どうやら……成功したようだ。

「よしッ!! よしッ!!」

喜んでいると、目の前にウィンドウが現れた。


【種族：魔人 に進化しました】

【魔人になったことで、ステータス画面の表示が可能になりました】

【『ステータスオープン』と呟けば、開きます】

「……は？」


どうやら俺は、人間を辞めたらしい。

◆

【最終進化：魔人 に進化しました】
【魔人になったことで、ステータス画面の表示が可能になりました】

【『ステータスオープン』と呟けば、開きます】

ステータス?
それはつまり……魔物のように、ウィンドウが開けるという意味か?
「ステータスオープン」

【名　前】:アルガ・アルビオン
【年　齢】:18
【種　族】:魔人
【等　級】:E
【職　業】:テイマー・配合術師
【レベル】:1
【生命力】:62／62
【魔　力】:36／36
【攻撃力】:81
【防御力】:80
【敏捷力】:92

【汎用スキル】：鑑定眼　LvMAX
【種族スキル】：配合魔人　LvMAX
　　　　　　　蜘蛛糸　Lv3
【固有スキル】：最終進化者　LvMAX
【魔法スキル】：なし
【職業スキル】：《仲間術《テイム》》LvMAX
　　　　　　　《配合術《ミックス》》LvMAX

ステータスの変化が激しい。

なんか色々追加されているし、そもそも種族まで変わっている。さっき配合した魔物たちよりも、ずっと強くなっている。

これまで通りなら、疑問に思うだけで終わっていただろう。確認をしたくとも、確認ができないのだから。だが、今の俺は違う。【鑑定眼】のスキルが俺の知るものならば、自分のステータスの詳細を確認できるハズだ。

「まずは……これから」

おそるおそる、【種　族：魔人】をタップする。すると、新たなウィンドウが現れた。

【種　族：魔人】

人間と魔物の力を持つ種族。

魔生物学分類上は魔物であるため、ステータス画面の表示が可能。また、レベルアップも速い。種族の特徴として、生まれたときから【汎用スキル：鑑定眼】を持つ。

キメラやホムンクルスとは違い、魔物の力を100％使える。


「よしッ！　思った通りだ！」

続けて気になる項目を、次々とタップしていく。

【職　業：配合術師】
生命体の配合を可能とする職業。

【汎用スキル】

努力すれば誰でも習得可能なスキルの総称。


【種族スキル】

特定の種族でしか習得できないスキルの総称。

【固有スキル】
特定の個体でしか習得できないスキルの総称。
また、他のスキルに当てはまらないスキルも、固有スキル扱いされる。

【魔法スキル】
魔法が使えるようになるスキルの総称。

【職業スキル】
特定の職業でしか習得できないスキルの総称。

【汎用スキル：鑑定眼】
万物を鑑定可能になる汎用スキル。
鑑定したいものを見る、あるいは触れることで詳細をウィンドウにして表示できる。
鑑定術師になれば習得できる他、独学でも習得可能。

【種族スキル：配合魔人】
配合によって生まれた魔人が有するスキル。
このスキルを有する者は、以下の効果が発動する。

・配合によるレベル減少が生じない。
・配合による容姿変化が起きない。ただし自身に配合を施した初回時は、容姿変化が起きる。
・配合を行う度、全ステータスが＋5される。

【種族スキル：蜘蛛糸】
主にクモ系の魔物が習得可能なスキル。
クモの糸を噴射可能になる。
レベルが上がるにつれ、糸の強度と伸ばせる距離が伸びる。

【固有スキル：最終進化者】
最終進化に達した者が習得可能なスキル。
このスキルを有する者は、以下の効果が発動する。
・獲得経験値×2
・必要経験値2分の1
・全ステータス＋5
・進化不可

【職業スキル：《仲間術《テイム》》】

テイマーのみが習得可能なスキル。

対象の魔物を仲間にできる。


【職業スキル：《配合術《ミックス》》】

配合術師のみが習得可能なスキル。

生命体同士を配合できる。


「よし、大体わかった」

とりあえず、俺は人間を辞めたようだ。

魔物……いや、『魔人』という種族になったらしい。あまり実感はないが。

魔物は人間よりもレベルアップの速度が速い。俺も魔物になったことで、その恩恵を受けることができるようだ。

さらに【固有スキル：最終進化者】のおかげで経験値を2倍獲得でき、さらに必要経験値が2分の1になる。だから普通の魔物よりも、さらにレベルアップ速度が速い。

そして、配合をしてもレベルが下がらないようだ。

配合を行う度にステータスが＋5される効果もあるため、レベル10を超えたら毎回配合を行おう。

「初回時は容姿の変化が起きるらしいけど……見た目は変わらないな。詳細欄に誤りか？」

鏡を見ても、容姿の変化はない。

以前と変わらない、陰気な男が鏡に映っている。……もう少しイケメンに生まれたかった。自分の顔を見て、ため息が零れた。

「落ち込むのは後にしよう。俺は圧倒的に強くなれたんだから」

ステータス的にB級冒険者相当の強さを手に入れた。万年E級でバカにされてきた、この俺が。不遇職テイマー故にレベルアップが遅く、ステータスがなかなか伸ばせなかった俺が。

たった一度の配合によって、ここまで強くなれたのだ。

「それに加え、3匹の仲間がいる。俺は……最強のパーティを作れるんじゃないか？」

冒険者の頂《いただき》、SSS級も夢じゃないかもしれない。最強のパーティを築き、人類未踏の迷宮に挑める日も近いかもしれない。

そう感じさせるような強さを、俺は手に入れたのだ。

「カナトたち……俺を追放したことを後悔させてやる」

もっと強くなってやる。

誰も彼も、俺をバカにできないほどに。

テイマーのことを〝不遇職〟と呼ばせないほどに。もっと、もっと、もっと……強くなってやる。

「とりあえず、力の確認をするか。俺がどれだけ強くなったのか知りたいからな」

俺は3匹を影に収納し、街に戻った。

◆

その日の午後、俺はひとつの依頼をギルドで受注した。内容はゴブリン5匹の討伐。初心者冒険者がよく受ける、人気の高い依頼だ。

そして俺にとっては、新たな仲間たちの実力を測るのにちょうどいい依頼である。

「ゴブッ!!」

街から数キロほど離れた野原に、ゴブリン共はいた。子ども程度しかない背丈の、緑色の肌を持つ醜悪《しゅうあく》な魔物。手には錆びたナイフを装備しており、防具は革の腰蓑《こしみの》だけ。

なんというか……あんな弱い魔物が、よく絶滅もせずにここまで生き延びられたな。素直に感心する。

「いや、感心している場合じゃないか。さっそくだが、試してみよう」

俺は影から3匹の魔物を召喚する。

「ドラァ!!」

1匹目はベビードラゴンのララ。

配合までしたのに名前を付けないのは非情だと考えたので、名前を付けてあげた。バット由来の漆黒の翼をはためかせ、少しだけ飛翔に成功している。

「ウルー!!」

2匹目はベビーウルフのリリ。

『リトルボア』という小型のイノシシ型の魔物と配合した影響で、毛皮は少々強靭《きょうじん》になり牙も少しだけ大きくなった。
新たに得たスキルは【突進】。その名の通り、相手に突進するスキルだ。リリの有する【引っ掻き】や【噛みつき】を見ても同じことを思ったが……こんなものをスキルといって、本当にいいのだろうか？

「ピキー!!」

3匹目はスライムのルル。
容姿に目立った変化は見られないが、若干ながら体が大きくなっている。配合した魔物は『コボルト』というイヌの頭を持つ魔物で、ゴブリン同様に最弱の魔物として名高い。……名高いのか？
新たに獲得したスキルは【噛みつき】。リリの有するスキルと同じで、相手に噛みつくスキルだ。スライムの身でどうやって噛みつくのか、非常に気になる。

「よし……それじゃあいくぞ!!」

最後にこの俺。
ステータスが一番高く、【蜘蛛糸】というスキルを扱えるようになった。だが装備が貧弱で、手に持っているのは中古のナイフだけだ。ゴブリンを倒すだけなら、これでも十分だろうが。

「ゴブ？　……ゴブゥ!!」

1匹のゴブリンが俺たちに気付いた。
だが、既に遅い。

「ララ!!【超音波】だ！」

「ドラァ‼」

ララが口から超音波を発する。

マトモに食らった4匹のゴブリンの眼が白目になり、混乱していた。

「ゴブラァ‼」

「1匹逃れたか‼　リリ‼　追え‼」

「ウルー‼」

超音波から逃れ、逃走を図るゴブリンをリリが追う。ゴブリンの足は遅く、あっという間にリリが追いついた。

「ウルー‼」

「ゴ……ブゥ⁉」

リリがゴブリンに突進を行う。

リトルボアと配合したことによって、リリの頭部は以前よりも数段硬くなっている。

そんなリリが、頭からゴブリンにぶつかった。ゴブリンの脆い骨がバキッと、折れる音が聞こえる。

「1匹撃破か。よし！　ララとルルは残りのゴブリンを狙え‼」

「ドラァ‼」

「ピキー‼」

未だに混乱しているゴブリン共に、2匹は攻撃を仕掛ける。

ララはゴブリンの頭を殴る。

もちろん攻撃力の低いララでは、一撃で殺しきることは不可能なので、何度も殴打する。

ルルはその体を大きく広げ、ゴブリンを1匹丸呑みにする。その後、半透明なルルの体の中で確認できたのは、悲惨な光景。内部に棘《とげ》を形成したルルは、その棘でゴブリンを串刺しにした。【噛みつき】と【ニードル】の合わせ技だろう。えげつないことをするな……。

「オラァ!!」

3匹に負けじと、俺も1匹のゴブリンへと攻撃を行う。ナイフを縦に振ると――

「ゴ……ブ……」

「……え」

ゴブリンの体が両断された。真っぷたつになった。体の中からは、まるで久寿玉《くすだま》のように臓物が漏れ出る。飛び散る鮮血が、俺の体を赤く染め上げる。

「……マジか。この俺がゴブリンを両断……」

俺がナイフを使う理由、それは単純に筋力が足りないからだ。剣も槍も盾も、筋力が足りないが故に持てない。弓は技量がないため、持っても意味がない。杖は魔法が使えないが故に、やはり持っても意味がない。

結果、軽く扱いやすいナイフに落ち着いたというわけだ。以前はナイフを使っても、筋力が低いために強いダメージは与えられなかった。せいぜい自衛程度。運が良ければ、1ダメージくらいは与えられる。ダメージソースとしては一切期待していない、念のために一応所持しておくくらいの武器だったのだ。

「……ステータスの上昇って凄まじいな」

いくらゴブリンであっても、中古のザコナイフ如きで両断できるとは思わなかった。そもそもステータスが上がったとて、俺がゴブリンを一撃で屠《ほふ》れるなど考えたこともなかった。想像以上に強くなった自分に、歓喜と動揺が隠しきれない。


【レベルアップしました】

【レベルアップしました】

【レベルアップしました】

【レベルアップしました】

【レベルアップしました】

【レベルアップしました】

【レベルアップしました】

【レベルアップしました】

【レベルアップしました】

【レベルアップしました】


「ま、待て待て!!」

突如として目の前に現れた、合計10個のウィンドウ。この文字面が正しければ……俺は10もレベルが上昇したことになる。

たかがゴブリン1匹倒しただけで、だ。

「ゴブリンの経験値って、せいぜい15程度だろ？　それでも10レベルアップって……イカれているだろ……」

いくら経験値を多く貰えるスキルがあったとしても、いくら必要な経験値が減少しても。常識で考えると、こんなことは到底起こらない。……嬉しい限りではあるが、理解しがたい現象だ。

「ゴブ……」

「……ん、あぁ。1匹残ったな。こいつはテイムしておこう」

混乱しているゴブリンに、手のひらを向ける。そして――

「《仲間術《テイム》》」

と、呟くとゴブリンの体を淡い光が包み込む。数秒ほどすると光は霧散《むさん》し、ゴブリンの姿はそこにはなかった。


【ゴブリンをテイムしました】


目の前に現れるウィンドウ。どうやら、成功のようだ。

「……とりあえず、全員のステータスを確認するか」

【名　前】：ララ
【年　齢】：1
【種　族】：ベビードラゴン
【レベル】：5
【生命力】：13／13
【魔　力】：7／7
【攻撃力】：4
【防御力】：2
【敏捷力】：5
【汎用スキル】：なし
【種族スキル】：ベビーファイア　Lv3
　　　　　　　超音波　Lv2
【固有スキル】：なし
【魔法スキル】：なし

【名　前】：リリ
【年　齢】：1
【種　族】：ベビーウルフ
【レベル】：5
【生命力】：9／9
【魔　力】：2／2
【攻撃力】：5
【防御力】：2
【敏捷力】：11
【汎用スキル】：引っ掻き　Lv3
　　　　　　　噛みつき　Lv4
　　　　　　　突進　Lv3
【種族スキル】：なし
【固有スキル】：なし
【魔法スキル】：なし

【名　前】：ルル
【年　齢】：1
【種　族】：スライム
【レベル】：4
【生命力】：14／14
【魔　力】：7／7
【攻撃力】：13
【防御力】：5
【敏捷力】：3
【汎用スキル】：噛みつき　Lv2
【種族スキル】：ニードル　Lv8
火炎車　Lv4
【固有スキル】：なし
【魔法スキル】：下級の火球《ファイア・ボール》　Lv3

【名　前】：アルガ・アルビオン

【年　齢】：18
【種　族】：魔人
【等　級】：E
【職　業】：テイマー・配合術師
【レベル】：11
【生命力】：164／164
【魔　力】：65／65
【攻撃力】：241
【防御力】：238
【敏捷力】：301
【汎用スキル】：鑑定眼　Lv MAX
【種族スキル】：配合魔人　Lv MAX
　蜘蛛糸　Lv 3
【固有スキル】：最終進化者　Lv MAX
【魔法スキル】：なし
【職業スキル】：《仲間術《テイム》》 Lv MAX
《配合術《ミックス》》 Lv MAX

「……想像以上だ」

ステータスが大幅に上昇している。

配合前のレベルの半分程度だというのに、既に配合前のステータスを凌駕《りょうが》しているなんて。これまではスライムしか配合しなかったが、俺はなんと勿体無いことをしていたのだろうか。

3匹の上昇も凄まじいが、何よりも俺の上昇が群を抜いている。今考えるとレベルが10も上昇したのは、俺が倒した1匹のゴブリンだけではなく仲間が倒したゴブリンたちの経験値も入っているのだろう。経験値獲得にラグが発生して、遅れて俺のレベルが一気に上昇したのだ。まぁ……たかがゴブリン3匹討伐しただけで、レベルが10も上昇することも十分に異常なのだが。

しかし、このステータスは凄まじいな。S級にも匹敵するぞ。生命力164……Aのタンクでも到達できない数値だ。魔力65……これはC級程度の魔法師に匹敵する。攻撃力241……A級の戦士でも、この数値に達せる者は少ない。防御力238……A級のタンクでも、なかなか到達できないレベルだ。敏捷力301……S級のアサシンと同等の数値だ。

全てのステータスが並外れて高い。

A級のタンクのタフさ、C級の魔法師の魔力。A級の戦士の攻撃力、S級のアサシンの素早さ。総合的に全てに優れ、なおかつ魔物まで使役できる。さらにレベルアップの速度も、尋常ではなく速い。

客観的に見て、俺は……既に〝無能〟ではない。

カナト達はB級であったため、既に俺は彼らを超えてしまった。たった一度の戦闘で。ゴブリンを

3匹倒した程度で。

「俺……本当に最強になれるかもな」

そう呟いた、そのとき——

「ガルァアアア!!」

突如として、目の前の草むらから魔物が現れた。

それは白銀の毛を持つクマだった。体長はおよそ6メートル。重さは推定2トン。白銀の毛はまるで剣のように鋭く、所々犠牲者の血で赤く染まっている。鮫肌《さめはだ》のように、触るだけで傷ついてしまうだろう。

コイツの種族名は『ソードベア』。

C級に指定されている、強者だ。

◆

「さて、どうしたものか」

ソードベアをテイムすれば、戦力の大幅な拡大に繋がる。配合素材にするも良し、仲間にしてそのまま使うも良し。つまりテイムをしてしまえば、どう扱っても戦力の大幅な拡大に繋がるのだ。

だがしかし、倒せば莫大な経験値を得られるだろう。ソードベアはその強さに比例するように、経験値が豊富だ。1匹倒すだけで5000以上の経験値を獲得できる。ソードベアを倒せば、俺たちは一気にレベルアップできるのだ。

「悩ましいが……今回は倒すか」

テイムはまた今度にしよう。ソードベアは珍しい魔物ではないから、また近い内に出会えるだろう。

「お前たちは下がっていてくれ。コイツは俺が倒す」

そう言い、3匹を影に戻した。

「ガルァアアア!!」

「慌てるな。今から相手してやる」

俺はナイフを片手に、駆け出した。

ガギンガギン、キンキンキン。

ナイフがソードベアの毛皮に触れる度に、火花を散らせながらそんな音がする。ソードベアの毛皮は硬いと知ってはいたが、想像していた以上に硬い。ナイフが刃こぼれしまくっている。

「ガルァアアアア!!」

「よっ」

毛皮の硬さに加えて、強靭な腕による引っ掻き攻撃。これが厄介だ。俺は敏捷力が高いので難なく避けることができるが、少しでも触れてしまえば大ダメージは確実だ。

いくらA級タンク並みの耐久性があっても、コイツも攻撃力だけならばA級相当の魔物だ。だからこそダメージは大きく、少しの油断が致命的になる。

「ナイフは通じない……かといって、体術は痛いだろうから却下。難しいな」

打撃は通じるだろうが、あの鋭い毛皮を殴る勇気はない。となると……どうしたものか。

「ガルァアアアァ!!」

「うーむ」

「ガルァアアアァ!!」

「どうしたものか」

ソードベアの攻撃を避けながら、攻略法を考える。なかなか思いつかないな。ここはとりあえず、自身のステータスでも見てみるか。

「あ、いいのがあるじゃないか」

目に留まったのは【種族スキル：蜘蛛糸】。

本来は粘着性の強い糸で相手を拘束するスキルだが、聡明な俺の頭脳は違う使い道を考えついた。

「ハッ!! うわ、思った以上に出るし、ベトベトするな」

手首から糸が出るが、思った以上の糸が噴射されてドン引いてしまう。白くて粘っこくて……アレを想起《そうき》させる。

「いや、下ネタはやめよう。ハァ……下ネタだと意識したから、やりづらいな」

その糸をグルグルと、手に巻き付ける。

完成したのは、簡易的なグローブだ。これでソードベアの毛皮も怖くなく、余裕で殴ることができる。……帰ったら手を洗おう。

「これでお前の毛皮も怖くない！」

脱兎《だつと》の如く駆け、ソードベアの懐に潜り込む。腰を落とし、腕を引き絞り――

「食らえ！　下ネタパンチ!!」

――拳を突き出した。

「ガルァ……」

腹がへこみ、吐瀉物《としやぶつ》を撒き散らすソードベア。腹の毛は全て折れ、尚且つ俺にダメージはない。

「さすがに風穴は開けられないか。だが痛くはないから、これから何発も殴れるな」

「ガルァ……ッッ!!」

「ヤル気か？　付き合ってやるよ」

俺は今、〝ハイ〟になっている。叶うならば、この戦いを永遠に続けていたい。戦うことが楽しい。嬲《なぶ》ることが快感だ。あぁ、一方的に倒すことって、こんなに楽しいのか。

「ガルァッ!!」

「オラッ!!」

「ガッ……、ガルァッ!!」

「オラッ!!」

ソードベアの猛攻を掻《か》い潜《くぐ》り、腹を殴る。

堅牢《けんろう》な毛皮は、今ではそのほとんどがへし折れている。美しい白銀の毛が、本人の血で真っ赤に染まっており痛ましい。内臓はグチャグチャになっているだろう。吐くものも既になく、ソードベアは虚ろな目で腕を振るう。

当然ながら、そんな攻撃は通じない。

「ガッ……、ガルァ……」

「無駄なんだよ。オラッ!!」

弱々しいパンチを避け、鼻を殴る。クマは鼻が弱点だ。それはソードベアにも当てはまる。

「ガッ……、ガルァ……!!」

鼻を押さえ、仰け反った。両手で鼻を押さえているせいで、腹がガラ空きだ。

「オラッ！　オラオラオラオラオラッ!!」

殴打。殴打。殴打。殴打。

殴打。殴打。殴打。殴打。

殴打。殴打。殴打。殴打。

殴打。殴打。殴打。殴打。

チャンスを逃すハズがなく、何百もの拳を叩き込む。メキメキ、グチャグチャと音がする。心地よく、グロテスクな感触が返ってくる。それらを求め、俺はさらに拳を贈ってやる。

何百回目かの攻撃のとき、気付いた。

既にソードベアが、息絶えていることに。

俺のレベルが、30を超えていることに。

「終わりか……」

無残なソードベアの死骸を前に、様々な感情が交錯した。戦いが終わり、虚しい気持ち。更なる戦いを求める、溢れる闘争心。強くなったことを改めて自覚した、嬉しさ。

それらの感情が、心を巡る。

「俺……本当に最強になれるかもな」

ゴブリンを倒したときとは、まるで言葉の重みが違う。C級の魔物を倒したのだ。それも圧勝という形で。

18年間、恥の多い人生を送ってきた。

不遇職だと罵られ、パーティから追放され。

そんな俺の人生に、ようやく春が訪れたのだ。こんなに嬉しいことはない。

「……もっと強くなろう」

カナトたちに、追放したことを後悔させるほどに。不遇職だと罵られないほどに。バカにされないほどに。今よりもずっと、強くなってやる。最強のパーティを作り、これから無双してやる。

「……強くなろう」

再度、俺は呟いた。

◆

その日、俺はいつも通りギルドで受付に来ていた。本日はどんな依頼を受けようか。どんな魔物をテイムしようか。

そんなことを考えていると、急に肩を叩かれた。

「テメェ、アルガだろ?」

「追放テイマーのアルガだろ?」

振り向くと、そこにはふたりの巨漢《きょかん》。

ふたりとも180センチほどの身長はあり、上半身裸だ。

「えっと……誰ですか?」

こんな巨漢の知り合いなど、俺にはいない。というより、半裸の巨漢など知り合いにいてほしくない。

「俺はラズル、こっちはノルシだ。俺たち、テメェと話したいことがあってな」

「話……? なんでもいいですけれど、手短にお願いしますね」

こんなガラの悪い連中とは、できることなら話したくない。話す必要があったとしても、数秒で話を終えたい。

「俺たちはよォ、カナトさんのファンなんだわ」

「18歳にしてS級に上り詰めたカナトさん!! しかも何人もの女を侍らせて!!」

「はぁ……誰を好きになるかは個人の勝手ですけれど、アイツだけはやめておいたほうがいいと思いますよ」

「そんなカナトさんの偉大なパーティに、ひとり不純物が生まれた」

「クソみたいな不遇職『テイマー』。その上、万年E級とかいう皆無の戦闘力。こんなゴミがカナトさんのパーティにいていいハズがねェんだよ!!」

「はぁ……あ、もしかして俺のことですか?」

「お、自覚はあるんじゃねェか。だったら話は早いぜ」

「今すぐカナトさんたちに謝れ!!　詫びて死ね!!」

「え、嫌ですけれど」

なんだろう、この会話が通じない感覚。

言葉は確かに通じるが、会話が成り立っている気がしない。

「素直に謝れないから、追放されたんだろうな。自分の弱さを認めて、粛々と貢献していれば追放されることもなかっただろうに!!」

「俺たちの憧れのカナトさんのパーティに加入しておいて、まるで役にも立たずに追放されるなんて……俺たちはテメェが許せない!!　カナトさんのところに加入したくても、できない奴らがどれだけいると思っているんだ」

「別に許してもらうつもりなんて、これっぽっちもないですけれど」

カナトたちから追放されたのは、別に俺の責任じゃない。むしろ勝手に加入させて、最後まで面倒をみないカナトが全て悪い。

「ゴチャゴチャうるせェ!!　とにかく、俺たちはテメェを〝教育〟してやるぜ!!」

「身の程のわきまえ方、わからせてやる!!　クソテイマー!!」

「……最初からそうしろよ」

ゴチャゴチャと大義名分を申し立てたのは、そちらだ。理由がある暴力であれば、何をしてもいいと考えているのだろう。まぁ……それはこちらとしても、好都合なのだが。

「お前たち、ランクはいくつだ?」

「テメェより高いB級だ!!」

「魔物に頼るしか能のないお前よりも、俺たちの方が強いんだよ!!」

「そうか……だったら、今回は魔物を使わないでやる」

気が付くと、俺たちを囲うようにして人だかりができていた。

今後こいつらみたいなバカが絡んでくる可能性も、十二分に考えられるからな。ここらで俺の強さを証明して、めんどうな奴らから回避するのもアリかもしれない。バカは自分よりも弱い相手には吠えるが、強者には萎縮するものだから。

「かかってこいよ、三流共」

ナイフを片手に、挑発した。

「調子に乗ってんじゃねェぞ!!」

「死ねェエエエエ!!」

ふたりが大剣を構え、駆けてくる。

俺はひとり目の斬撃を普通にナイフで受け止め、そのまま普通に払った。ふたり目も同様に、ナイフで受け止めて払う。

「うぉッッッ!!」

「な、なんだこいつ!!」

すると、ふたりはいともあっさり体勢を崩し、尻もちをついた。……？　これはおかしい。

B級にもなろう者が、この程度で体勢を崩すなんてあり得ない。

「……あぁ、なるほど」

俺の油断を誘う、そういう算段か。

勝利を確信し、慢心したところを狙うつもりなのだろう。見た目や言動こそ品性を感じないが、頭脳はなかなかに狡猾《こうかつ》なようだな。

いや……あるいは別の策を講じているのか？　上記の作戦自体がブラフであり、本当は別の思惑があるのかもしれない。ここで慢心をせずに追撃することさえも、彼らの計算の内だったとしたら。

「……その策、あえて乗ろう!!」

短剣を片手に駆ける。

ふたりは……依然として、変わらず尻もちをついている。若干表情に変化が見られるが、誤差の範囲だ。

まずはラズルの懐に潜り込み、一閃《いっせん》。ついでに発勁《はっけい》も与える。ラズルは……体を「く」の字に曲げ、そのまま吹き飛ばされた。苦悩の表情を浮かべているが、これは罠に違いないな。

次にノルシの顎にアッパーを加える。

ノルシは……天井に突き刺さった。頭だけが天井に刺さっており、体はプラプラと揺れている。罠だな。

鮮血と臓物を撒き散らし、壁にめり込むラズル。壊れたおもちゃのように、天井でプラプラと揺れるノルシ。

聡明な俺には、これが罠であることはお見通しだ。勝利を確信して慢心した途端、俺に襲いかかってくる算段なのだろう。B級がそんな簡単に死ぬわけないのだから、これは罠に違いないのだ。

「フゥ……」

ここまで0・01秒。

当然ながら俺はまだ勝利していないので、最後の追い討ちをかける必要がある。相手はB級だ。殺すつもりで相手をしなければ、敗北するのは俺だ。

「ハッ――」

短剣を片手に、攻撃を仕掛ける。

狙うは首筋――

「――そこまで!!」

そのとき、静止の声が聞こえた。

ふりむくと、群衆をかきわけてやってくる巨漢の姿。

ギルドマスター、ネミラスさんだ。

「アルガさん……」

「お久しぶりです、ネミラスさん」

「これは……なるほど、彼らが絡んできたのですね」

「えぇ。ですけれど、まだ決着はついていませんよ」

ナイフを再び構え、今度こそ首筋に――

「ま、待ってください!! 殺すつもりですか!?」

「え。だって、彼らはまだ戦意喪失《せんいそうしつ》していません。俺が勝利を確信して慢心した途端、襲いかかってきますよ!!」

「よく見てください。ふたりは既に気を失っています」

「え?」

ラズルの姿は凄惨《せいさん》そのものだ。

血が流れすぎたのか、肌は土気色に変色。臓物を失った影響か、生気を感じない。傷口から徐々に腐敗しており、死を迎える瞬間は残りわずか。ノルシは天井からぶら下がり、外傷は少なそうだ。

「ですけれど……、この程度でB級が敗れるわけないじゃないですか!!」

「この程度でB級は敗れるのですよ。周りの声も聴いてみてください」

ネミラスさんに言われるがまま、周りの冒険者たちの声を聴いてみる。

「おいおい……あのテイマー、魔物も使わずに圧勝したぞ?」

「ラズルさんって……確かSSS級の弟がいたよな? それに本人もB級だが、A級にもっとも近い強さを誇るって噂だったぞ?」

「当然、ノルシさんも強いハズ……なんだけどな。少なくとも、E級の一撃ごときで敗れるような、軟弱者ではないハズなんだが……」

「あのテイマー……何者だよ。盗賊以上の速さと戦士以上の力を発揮していたぞ？」

「しかもギルドマスターのネミラスさんと知り合いみたいだし……人脈もあって実力もあるなんて、本当にアイツ、不遇職のテイマーか？」

「テイマー如きであんなに強いなんて……俺、戦士として10年過ごしてきたけれど、この10年なんだったんだよ……。結局は才能かよ……」

「なんか……スゲェな。あそこまで強いと、逆に憧れるぜ」

俺の思っていた反応と違う。

これまで俺に浴びせられるのは罵倒がほとんどだったが、これは……なんだ？　賞賛とも違うよな。

しかし……彼らの反応から察するに、俺は本当にB級の彼らに勝利したのか。カナトたちがB級になったときは、もっと強かった……と思う。遥か遠いところに行ってしまい、俺では一生届かないと絶望したんだがな。

「わかりましたか？　アルガさんの圧勝です」

「みたいですね……実感はわきませんが」

「アルガさん、あなたは見違えるほど強くなりました。規格外、常識の外にいる。そんな言葉がふさわしいほどに、今後も強くなっていくことでしょう」

「はい……そうだと嬉しいですね」

「ですが……どうかお願いです。自重してください」

「……はい」

自重……これまでの俺の人生で、一度も使ったことのない言葉だ。そうか……俺はそんな言葉を必要とするほど、B級を相手に圧勝できるほど強くなったのか。

相変わらず実感はわかないが、その事実が嬉しい。

◆

その日の晩、俺は謎の火照《ほて》りで目が覚めた。

「熱い……自律神経しっかりしろよ……」

自身の自律神経に苛立ちを覚えながら、水を飲むためにベッドから起き上がる。そのとき、ふと鏡に目が向いた。否、向いてしまった。

そして、気付いてしまったのだ。

「……え？」

鏡に映る俺が、俺ではないことに。

「……どういうことだ？」

部屋の明かりをつけて、再度鏡を見る。

うん……見間違いじゃない。明らかにおかしい。寝る前までの俺との乖離《かいり》が、あまりにも激しい。

「パジャマが縮んでいる……、いや違う。体が大きくなっているんだ」

パツパツになり、千切れてしまったパジャマ。俺のパジャマをそんな姿にしたのは、変わってしまった俺の体だ。

ヒョロヒョロでガリガリだった体は、線こそ細いがしっかりと筋肉を蓄えた細マッチョに。腕も脚も胸も肩も首も、数段太くなっている。ヒョロヒョロでガリガリ故に浮いていた腹筋は、きちんと鍛え上げられてシックスパックを形成している。まるで6LDKのようだ。

スクッと立つと、視線が高くなっていることに気付く。地面が遠い。天井が近い。ギリギリ天井に頭頂部が届かないが、軽く背伸びをするとガンッとぶつかってしまう。この部屋の天井は2メートルだから、察するに俺の身長はおよそ197センチほどなのだろう。

顔の変化は少ない。

だが若干だらしなくニヘッとしていた俺の顔は、力を込めなくともキリッとした。相変わらず隈《くま》は酷いが、キリッとしたおかげでやや健康的に見える。

「……あ、これが容姿の変化か？」

【種族スキル：配合魔人】の説明に、『自身に配合を施した初回時は、容姿変化が起きる。』と記載されていたことを思い出した。

いや……変化が起きるなら、もっと早くしてくれ。どうして10時間以上が経過してから、変化が起きるんだよ。

「強そうな体になったことは嬉しい……。が、これからどうしよう」

一番の問題は服だ。

確か現代の男性の平均身長は160センチ程度だから、合う服を探すのに苦労するだろう。190

センチを超える男性なんて、18年の人生で1度か2度しか見たことがないからな。最悪……半裸で闊《かっ》歩《ぽ》するしかない。

その他にも問題はいくつかある。天井に頭をぶつける問題。視点の変容《へんよう》で酔う問題。様々な問題が俺を悩ませるだろうが、衣服以上の問題は起こらないだろう。

「とりあえず……もうひと眠りするか」

今の時刻は午前2時。

今から服を買いに行っても、店はやっていないだろう。

「ベッドから脚がはみ出るな……」

火照る体とベッドから出る脚。

あぁ……寝付けない。

あれから1週間が経過した。

幸いなことに服はすぐに揃えられた。俺と同じように身長で服に悩む人は意外と多いらしく、そういう悩みを持つ人向けの店があったのだ。

他にも身長が変わったことで知人の反応が変わったりするだろうと思ったが、よくよく考えると俺は友達も知人も家族でさえもいないためにその問題とは無縁だった。……自分で言っていて、悲しくなるな。

天井に頭がぶつかったり、視点の変容で酔ったりはしたが、もう慣れた。

1週間もすれば、人間あらゆる変化に慣れるのだ。

そして俺たちは今、森の中にいる。

この1週間、俺たちはほとんど休むことなく依頼を受注して、数多くの魔物を討伐した。

「ガ、ガババ……」

2メートルほどの大きさのトカゲ、『リザード』を討伐した。今の俺のレベルではテイムできないが、幾度も配合を重ねた仲間たちとなら討伐は容易い。俺たちの糧となれ。

「ふぅ……さすがに毎日2時間睡眠で、ぶっ続けに連日連戦はキツいな」

「ドラァ!!」

「ウルゥ!!」

「ピキー!!」

「……お前たちは元気でいいな。魔物は疲労を感じないのか？　いや、俺も魔物か……」

今回の依頼が終われば、少し休みを取ろう。

ランクも賃金も低い依頼ばかり受けていたが、塵も積もれば山となるというように、まずまずのカネは手に入った。2週間くらいなら、働かなくとも暮らせる額だ。

「それでは……休憩前に最後の配合を行おう」

3匹同時に配合を行った。

「ドラァ!?」

「ウルゥ!?」

「ピキィ!?」

3匹ともに光り輝きだす。

そして――

「ドラァ!!」

「ウルゥ!!」

「ピキィ!!」

光が晴れると、若干姿の変わった3匹の姿があった。

ララは『ホーンラビット』というウサギ型の魔物と配合したことにより、額《ひたい》から角が生えた。

リリは『ベビーベア』という子グマ型の魔物と配合したことにより、爪がより大きく強靭になった。

ルルは『エレメント』という人魂型の魔物と配合したことにより、色が水色に戻った。

三者三様の微々たる変化。

このまま続けてステータスを確認しよ――

「ウ、ウルゥ……」

プルプルと震えだすリリ。

なんだ、尿意か?

「森の中だから漏らしてもいいけど、できることなら俺の目に入らないところで漏らしてくれよ?」

「ウ、ウルゥ!!」

瞬間、リリが再度輝きだした。

なんだ、何が起きたんだ。漏らしたのか？

困惑がやまない中、光は唐突に晴れた。

そこにいたのは――

「グルル……」

強靭な肉体を持つ、2メートルほどの獣。

鋭い牙を剥き出しにし、唸り声を上げている。長く強靭な四肢の指先から垣間見える爪は、触れただけで皮膚が裂かれそうなほど鋭利。漆黒の毛が生え揃っており、イノシシのそれを遥かに凌駕するほどに剛毛強固《ごうもうきょうこ》。並大抵の攻撃は通じないだろう。

見た目を大雑把に表現するならば、オオカミ型だ。

だがしかし……これほどまでに野生感溢れるオオカミは見たことがない。まるで様々な獣を掛け合わせ、最終的にオオカミに似せたような……そんな生き物だ。

「リリ……なのか？」

「ガルゥ!!」

「鳴き声が変わっている……。と、とりあえず、ステータスの確認だ」

【名　前】：リリ

【年　齢】：1
【種　族】：ビーストウルフ
【レベル】：1
【生命力】：60／60
【魔　力】：21／21
【攻撃力】：121
【防御力】：56
【敏捷力】：154
【汎用スキル】：引っ掻き　Lv31
噛みつき　Lv36
突進　Lv3
嗅覚強化　Lv29
【種族スキル】：超音波　Lv3
ニードル　Lv4
毛棘飛ばし　Lv1
火炎車　Lv2
毒爪　Lv6
遠吠え　Lv21

【固有スキル】：なし
【魔法スキル】：《下級の火球《ファイア・ボール》》Lv3

驚愕。困惑。歓喜。

様々な感情が、俺の中を巡る。

色々とツッコミたいが、とりあえずは――

「〝進化〟……したのか？」

魔物は一定のレベルを超えると〝進化〟する。

だが……『レベル1』に進化する魔物など、この世に存在しない。そんなことは子どもでも知っている。

「だが、現実にリリは進化しているわけで……もしかしたら、配合を行うと進化に必要なレベルが下がるのか？」

あくまでも仮説でしかない。だが、そう考えなければ、辻褄が合わない。

そうだ、そう考えるべきだ。俺の仮説は正しいんだ。

「ベビーウルフの進化先は『ウルフ』のハズだが……。なんだよ、『ビーストウルフ』って」

このような魔物、見たことがない。だがしかし、これも俺の仮説で説明が付く。

「配合を行ったことによって、進化先に変化が生じたんだろう。リリには獣系の魔物を数多く配合したから、このような獣色の強い進化をしたんだろうな」

そう考えると、今後は配合も考えて行う必要があるな。何も考えずにポンポンと配合を行ってしまえば、通常の進化よりも弱い魔物に進化してしまう可能性がある。それだけはなんとしても避けたい。

今回は運良く通常の進化よりも、圧倒的に強くなった。普通のウルフにはレベル20で進化できるが、進化時点ではステータスが100に届くことはない。100はおろか、50にも満たない。リリはレベル1にもかかわらず、既に攻撃力と敏捷力が100を超えている。本当になんというか……よかった。

「ララとルルの進化先も絞ろう。とりあえず、ララは――」

思考を巡らした途端、眩暈《めまい》が襲ってきた。

反転する世界、倒れゆく体。地面とキスをする。

「ガ、ガルゥ!?」

「だ、大丈夫。その……俺を宿まで連れ帰ってくれ」

そう言い残し、瞼を閉じた。

どうやら少し……無理をしすぎたようだ。

ララとルルの進化先については、起きてから考えよう。あるいは夢の中で考えよう。

そして、俺の意識は途絶えた。

◆

【カナト視点】

アルガを追放してから1週間が経過した。俺たちは新たなテイマーを仲間にし、以前と同様に迷宮を攻略していた……のだが。

「ハァ……テイマーって、どいつもこいつも使えないのかよ」

新たに仲間にしたテイマーの野郎が、トコトン使えない。魔物の知識は乏しく、従えている魔物もショボい。テイマーらしく本人のレベルも低いしな。

「で、でも、僕は精一杯頑張ってるよ!!」

「頑張っているだけで、結果は残してないだろ。だったら聞くが、あの魔物の名称はなんだ?」

「わ、わからない……すまない」

またこれだ。聞いても何も答えられず、謝るだけ。本当に……こいつはテイマーか? 知識が乏しすぎるだろ。

「ハァ……テイマーなんだから、魔物の知識くらいは秀でてくれよ。アルガはどんな魔物か聞けば、聞いてもいない細かいところまで答えたぞ?」

「アルガ様と一緒にしないでくれ! あの御方は独学でテイマーになった天才だ!! 不可能だと言われた偉業を成し遂げた、スゴい御方なんだぞ!! 知識量だって『歩く魔物図鑑』と謳《うた》われたような御方なんだ!!」

アルガを追放してから知ったことだが、どうやらアルガはテイマー界隈では伝説の存在らしい。あんな無能でもテイマーになれるほどだから、テイマーが不遇職だと呼ばれる所以《ゆえん》が理解できるな。

「だから、なんだって言うのよ!!　アンタに求めているのは、アルガ以上の力よ!!　せっかく採用してあげたんだから、期待に応えなさいよ!!」

「む、無茶言わないでくれ！　アルガ様を越えるだなんて、僕程度には無理だよ!!」

「本当にテイマーって、どいつもこいつも無能っスね。言い訳を語る暇があるなら、努力をすればいいんスよ。ワームとかの気色悪い魔物じゃなくて、まずは手始めにベビードラゴン辺りをテイムしてきてほしいっス」

「べ、ベビードラゴンだって!?　ドラゴン種のテイムなんて、千年にひとりの天才でもなければ到底無理だよ!!」

「また無理って言いましたね。知識も低ければ、才能もない。ベビードラゴン如きのテイムも無理だって言うのでしたら、テイマーを名乗る資格はないと思いますよ？」

3人にイジメられるクソテイマー。まったく、本当に使えないな。この迷宮を攻略し終えたら、追放してやる。

「ハァ……ほら、クソテイマー。アレしろよ」

「アレ……？」

「わかるだろ、魔物同士を合成？　融合？　させるアレだよ」

「え、いや……なんだよ、それ」

「ハァ？　アルガは無能だったが、これだけは優秀だったぞ？　他の魔物と合体を繰り返して、様々な色に光るスライムは綺麗だったな」

ゴブリンと合体させれば、緑色に。『フレイムリザード』と合体させれば、赤色に。『ピンクバード』と合体させれば、ピンク色に。

それぞれ個性豊かに光るスライムを作り出すことは、無能なアルガにとって唯一の長所だった。

「魔物の合体……？　も、もちろん錬金術によるキメラ作成じゃないよな……？」

「ハァ？　知るかよ。とにかく、アイツは魔物の合体をしたんだから、お前だってできるだろ」

「む、無理に決まっているだろ!!　そんな様々な色に光るスライムの作成は!!　そもそも2匹の魔物を掛け合わせることなんて、テイマーには不可能だ!!」

「テイマーなら、誰でもできるとアルガは言っていたぞ？」

「テイマーは魔物をテイムして、使役するだけの職業だ!!　魔物をレベルアップさせて進化させることはできるけど、他の魔物と掛け合わせるなんて……そんなことはできない!!」

「だったら、アルガが行っていたのはなんなんだよ!!」

「わからない、わからないが……」

クソテイマーは、その先を言い淀む。なんだよ、気になるだろ!!

「さっさと言え!!」

「……おそらく、僕の予想が正しければアルガ様は……」

「早く結論を話せ!!」

「アルガ様は……『2つ目の職業《セカンド・ジョブ》』持ちだ。それも……未知の職業に就いている可能性が高い」

クソテイマーは神妙な顔で、そう語った。

「アルガが……『2つ目の職業《セカンド・ジョブ》』だと？」

「あぁ……。魔物同士を合成するという話が本当なら、この推測は正しいだろう」

「お前……それ、本気で言っているんだな？」

「ウソを吐いても仕方ないだろう」

腹の底から、ひとつの感情が込み上げてきた。それは流れる沈黙を打ち破り、俺の口から漏れ出る。

「アッハッハ!!　お前、バカかよ!?」

大爆笑。腹筋が痛い。クソテイマーはポカンと、ハトが豆鉄砲を食ったような表情をしている。

「あんな無能が『2つ目の職業《セカンド・ジョブ》』？　おもしろい冗談だな!!」

「本当!!　ギャグセンスあるわね!!」

「今すぐにでも、『笑わせ師』に転職すべきっスよ!!」

「うふふ!!　バカもここまでいくと、笑えてきますね!!」

俺たちの笑い声が迷宮に響く。

本当に……おもしろい冗談だな!!

「冗談……？　僕はマジメに――」

「それ以上はいいよ。シラケるからな」

「待って、最後まで話を――」

「ほら、そろそろ仕事に戻るぞ。さっさと迷宮を攻略して、帰ろう」

ただのクソテイマーだと思っていたが、意外とおもしろい冗談を言えるんだな。無能のアルガが

『2つ目の職業《セカンド・ジョブ》』なわけないのに。テイマーってヤツは実力だけではなく、頭まで弱いのかよ。

あれから1週間が経ち、あのクソテイマー野郎は追放した。別れ際に「あなた方はきっと……後悔することになりますよ」とかなんとか言っていたが、捨て台詞のセンスも三流以下だったな。

その後も数人テイマーを仲間にしたが、どいつもこいつも使えないヤツばかりだった。知識は乏しく、使役する魔物は弱い。おまけにアルガのように、魔物同士を合成することもできない。

「テイマーってのは、ゴミしかいないのかよ!!」

そう呟くと同時に、クソテイマー野郎の言葉が脳裏をよぎった。アルガが『2つ目の職業《セカンド・ジョブ》』であるという、おもしろい冗談だ。

「……まさかな」

「カナト、どうしたの?」

「……いや、なんでもないさ」

俺も疲れているな。ほんの一瞬だけとはいえ、アルガが『2つ目の職業《セカンド・ジョブ》』持ちである可能性を考えてしまうなんて。

そんなわけがないのに。

少し休憩を取ろう。そうしよう。

◆

「ふぅ……」

コーヒーを飲み、深くため息を溢《こぼ》します。

ただいまの時刻は午前2時。40歳を超えての深夜勤務は、体に堪えますね。コーヒーがなければ、寝落ちしていることでしょう。

「お疲れ様です、ギルドマスター」

扉を開けて部屋に入ってきたのは、受付嬢のフルフレさん。本日の彼女の勤務は、夜勤です。どうやら、私のためにコーヒーを淹れにきてくれたようです。

「ん、あぁ。ありがとう、フルフレさん」

「滅相もあります。もっと感謝してください！」

「ハハハ……」

フルフレさんは受付嬢の中では、一番冒険者からの人気が高く、それに加えて、仕事も受付嬢の中で一番優秀です。

ですが……今の受け答えからもわかるように、少し変わっています。そういうところが、人気の秘訣なのでしょうか……？

「何を調べていたんですか？」

「……数日前に『2つ目の職業《セカンド・ジョブ》』を持つ、テイマーのお客様がいらっしゃったのは覚えていますか？」

「えぇ。忘れたくても忘れられませんよ！」

「……でしょうね。私もそうなんだから」

今年で41歳になりますが、『2つ目の職業《セカンド・ジョブ》』を持つ方と出会ったのは初めてです。それもこれまで発見されたことのない、未知の職業だなんて。フルフレさんも同じ思いなのでしょう。

『『2つ目の職業《セカンド・ジョブ》』と出会ったのは2回目ですけれど、まさかの『配合術師』なんて全く知らない職業だなんて!!　さすがにビックリですよ!!』

「……今、なんて言いました？」

「え？　さすがにビックリですよって言いましたけれど……？」

「その前です。『2つ目の職業《セカンド・ジョブ》』と出会ったのは2回目、と言いませんでしたか？」

「え、えぇ。あれ？　言ってなかったでしたっけ？」

「……初耳です」

受付嬢として、そういう大切なことは言ってほしいです。……まぁ、時既に遅しですけれど。

「ちなみに出会ったのは、いつ頃の話ですか？」

「この職に就く前なので、確か……3年前くらいですね」

「だったら、にじゅう――」

「歳は言わないでください!!」

「おっと、これは失礼しました」

そうですね、デリケートな問題ですから。

私がデリカシーに欠けていました。猛省。

「話を戻しますけれど、私が25歳のときに出会いました」

「自分で言うのはいいんですね……。まぁ、いいです。続けてください」

「あの頃、私は血気盛んで……少々荒れていたんです。気に入らない人はシメて、敵対した魔物は全て惨殺していました」

「確か……〝暴鬼〟なんて異名を持っていたんですよね」

「あはは……完全に黒歴史ですね。荒れていた私は、多くの冒険者にケンカを売ったんですけれど……その中にいたんですよ」

「『2つ目の職業《セカンド・ジョブ》』持ちですね」

「私は怯むことなくケンカをふっかけたんですけれど、結果は……惨敗です。あの日から、私は更生を決意しました。敗北してから、ケンカの無意味さに気付けたんですよね」

「それは何より……なんですかね？」

いい話風に聞こえますけれど、よく考えるとそんなこともないですね。荒れていた女性が、ただ更生しただけのよくある話です。彼女にシメられた数多くの犠牲者や、ケンカを挑まれた『2つ目の職業《セカンド・ジョブ》』の方が不憫でなりません。

「それで……どうでしたか？『2つ目の職業《セカンド・ジョブ》』の方の強さは？」

「規格外……という他ないですね。手も足も出なかったです。当時、私はB級なのにですよ!!」

冒険者には、E級からSSS級までランクがあります。一般的にB級から上級の冒険者として認められる風潮がありますので、当時のフルフレさんの実力は確かなものだったでしょうね。

「そうですね。フルフレさんの言う通り、『2つ目の職業《セカンド・ジョブ》』持ちの方は人智を超えた力を有しています」

「えぇ。とはいっても、『2つ目の職業《セカンド・ジョブ》』は関係なく、ですが」

「まさか……あのテイマーの人も？」

「……？　どういうことですか？」

私はコーヒーを口に含みます。

うん、美味しい。フルフレさんのコーヒーは最高ですね。

「フルフレさん、〝史上最強〟のテイマーと聞いて、誰を思い浮かべますか？」

「え、えっと……上級職『ビーストテイマー』に唯一就いた、ルクミ・ミルクティアさんですか……？」

「その通り。テイマーを極めると解放される『ビーストテイマー』に史上初にして現在のところ唯一就き、7種の竜種と5種の魔王種を仲間にした彼女こそが〝史上最強〟のテイマーでしょう」

「その話が一体、なんの関係があるのですか？」

確かに、この話だけなら意味がわからないでしょう。

「ルクミさんとアルガさんの共通点、何かわかりますか？」

「えっと……ふたりとも人間です!!」

「それもそうですが……正解はふたつあります。ひとつ目はふたりとも〝独学〟でテイマーになっている点です」

「別に普通じゃないですか？　私も独学ですよ？」

戦士のフルフレさんは、ピンときていない様子です。

「戦士や武闘家などの前衛職は、歯に衣着せぬ言い方をすれば誰でも就けます。体を動かすことさえできれば、特殊な知識は必要ないですからね」

「まぁ……確かに簡単でしたよ」

「ですが魔法師や治癒師などの後衛職に就くためには、独学では厳しいです。魔法の扱いは日常生活で培われることは少ないので、学院などに通って勉強する必要があります」

「テイマーも同じというわけですか？」

「テイマーに就くためには、魔物に対する深い知識と魔法師並みの魔力操作を必要とします。不遇職だと揶揄されていますが、就職難易度は高いんですよ」

「なるほど……具体的にはどれくらいですか？」

「100人にひとり程度しか受かりません。学院で3年勉強しても、落ちるなんてザラです」

「確か普通の魔法師が10人にひとりほどですよね……。そんな狭き門に独学で受かったんですか……」

彼は『歩く魔物図鑑』と呼ばれていたそうですが、それは決して誇張表現ではないでしょう。独学でテイマーになったのですから、あらゆる魔物の知識が頭に入っていても不思議ではありません。

「ふたつ目の共通点は、『ベビードラゴンを仲間にしている』ところです」

「ベビードラゴンって、あのレアだけど弱い魔物ですよね？」

「えぇ。そうです」

「ベビードラゴンをテイムすることって、そんなに難しいのですか？」

「ベビードラゴンのテイムに必要なレベルは〝1〟です。ですがベビードラゴンを含めた竜種は、テイマーの才能を見極める能力が優れています。並外れた才能が無ければ、レベルが足りていてもテイムは不可能です」

「つまりベビードラゴンをテイムしている時点で、アルガさんの才能は人智を逸脱しているというわけですね」

「えぇ。そうですね」

アルガ様は調べれば調べるほど、その異常性が見えてきます。独学でテイマーになった件や、ベビードラゴンのテイムだけではありません。

2歳の頃、魔物と会話ができたという逸話。5歳の頃、スライムをテイムしたという逸話。10歳の頃、魔王の復活を予言したという逸話。その他にも、数々の逸話が出てきました。

彼は……何者なのでしょうか。

「テイマーとしての才能なら、ルクミ様に匹敵か、あるいはそれ以上の才能を有しているかもしれませんね」

「そこまで……ですか!?」

「決して誇張しているわけではありませんよ。あくまでも客観的な評価です」

アルガ様が『ビーストテイマー』になる日は、案外すぐそこなのかもしれません。いえ、それだけに留まらず、もしかすると……世界最強の冒険者になるかもしれませんね。

「ふふっ、彼の成長が楽しみですね」

私はコーヒーを口に含み、笑みを浮かべました。

第二章 × 最強への道程

目が覚めると、俺はベッドの上にいた。

「知っている天井だ」

どうやら俺が倒れた後、ララたちは俺を宿まで連れ帰ってくれたみたいだ。感謝の意を伝えようと思ったが、周りに姿が見えないことから既に影へと帰還したと考えられる。

カーテンを開くと、とっくに太陽は沈んでいた。どうやら数時間以上、眠っていたようだ。

「過労は体に良くないな。これからはちゃんと眠ろう」

まだ頭がボーッとするので、モゾモゾと布団の中に横になる。

さぁ、二度寝を楽しもう。

◆

「さて、これからどう進化させようか」

次の日の早朝、早起きした俺はさっそく悩んでいた。

ララたちは配合を繰り返すことで圧倒的に早く進化できることはわかった。だが、だからといって無闇に配合を繰り返すと、逆に弱くなる可能性もある。

つまり今後は配合素材にも、気を付ける必要があるのだ。適当に配合しまくって、通常の進化先より弱くなることだけは避けなければならないからな。

「伸ばしたい能力に向けて、配合素材を選べばいいんだろうな」

「ドラァ？」

「リリが攻撃と敏捷に長けているからな、あと2匹は被らせない能力にしないとな」

「ガブゥ!!」

リリが俺の頬を舐める。

見た目は変わっても、中身はまるで変わっていない。進化前と同じく、子イヌのように懐っこいな。

「ララは……そうだな。生命力と防御力に特化した、『タンク』にするか」

「ドラァ？」

「竜種は進化すれば体がデカくなる。デカい図体に強固な防御力と潤沢な生命力が備われば、皆を守る盾に……いや、壁になれるだろう」

それに加えて体がデカいのだから、必然的に攻撃力も高くなる。竜種はブレス攻撃も備わっているため、防御面だけではなく攻撃面に関しても問題がなくなる。ララをタンクにすれば、最強になれるのだ。

と、なると必要な素材は……土属性系や甲虫系、あと鋼鉄系になるか。土属性のドラゴンはイメージ的にダサいから却下。鋼鉄系は俺のレベルが足りなくてテイムできない。となると、甲虫系を素材にするか。まず初めは『カナブン』や『ビートル』などの甲虫系と配合して、俺のレベルが上がれば鋼鉄系などのより強固な魔物と配合しよう。

「ピキー!!」

「ルルは……回復系にするか」

タンクとアタッカー、ふたつが備わったのだから残るは回復系だ。

回復系の魔物はどの系統にも存在する。

ゴブリンなら『ゴブリンプリースト』、『リザードマン』なら『リザードマンプリースト』などだ。

とりあえず、『〇〇プリースト』と付いている魔物であれば、例外なく回復系になる。ルルを回復役にすれば、俺のパーティは完璧になる。

アタッカーはリリ、タンクはララ、回復役はルル。三者三様、役割が分担された最強パーティだ。

「よし、方針が決まったんだ。さっそくだが、テイム兼レベル上げに向かおう」

追放されてからこれまで、俺は適当な依頼を受けてその辺の野山でザコ魔物を狩る日々を過ごした。

賃金は安く、疲労は溜まる。この生活はあまり長く続けない方がいいと、倒れてようやく気付いた。

だからこそ、そろそろ新たな一歩を踏み出す必要がある。これまでは全員ステータスが低く、レベルが低かったために踏み出せなかったが、今は違う。

リリは進化した。

通常の進化よりも、圧倒的に強く。

ララとルルも、同じく進化するだろう。その日は近いハズだ。

今の俺たちならば、踏み出せるハズだ。

そう、〝迷宮〟に挑むときが、やってきたのだ。

「本日午後、さっそく挑もう。大丈夫、俺たちなら問題はない」

目指すは初心者向けの迷宮、『パルパリ迷宮』だ。

◆

次の日、俺はパルパリ迷宮にやってきた。パルパリ迷宮は街から数キロ離れた草原に、ポツリと存在している。

「相変わらず、にぎわっているな」

ざっと見渡す限り、100人以上の冒険者がいる。どいつもこいつも新品の装備をしているので、新人冒険者ばかりなのだろう。

まぁ、パルパリ迷宮自体が初心者向けの迷宮なのだから、当然と言えば当然なのだが。逆に冒険者歴2年の俺が挑む方が、珍しいと言えるだろう。

「さて、入ろうか」

俺はパルパリ迷宮の入り口である井戸まで近付き、潜り込んだ。ちなみに迷宮の入り口のほとんどが、井戸の形をしている。理由は知らん。

◆

「……相変わらず、気分が滅入るな」

井戸に入ると、そこには……暗澹《あんたん》とした空間が広がっていた。

レンガでできた壁と床。等間隔で壁に設置されたロウソク。そして……所々水たまりのある床。コケが生えた壁。カビ臭い空気。

以前この迷宮に挑んだことがあったが、心底気が滅入ったものだ。あのときは二度と挑まないと決意したものだが……。ハァ、弱い俺が悪いんだな。

さっさと配合素材の確保やレベルアップを行って、こんな迷宮とはオサラバしよう。ずっとここにいると、肺と頭が腐ってしまいそうだ。

「とりあえず……出てこい」

3匹の仲間を召喚する。

「ドラァ!!　……ウッ」

「ガルゥ!!　……ウッ」

「ピキー!!　……ウッ」

3匹とも召喚と同時に、顔を歪めた。ルルには顔がないのだが、なんとなく歪ませたんだろうなと感じた。

人間よりも感覚が鋭敏な魔物だからこそ、人間以上にこの迷宮は耐えがたいのだろう。……悪いことをしたな。

「3匹とも、こんな迷宮には長居したくないだろう。さっさとレベルを上げて、さっさと配合素材を調達して、さっさとこんな迷宮からオサラバしようと考えているんだが、お前たちはどう思う？」

「ド、ドラァ!!」

「ガ、ガルゥ!!」

「ピ、ピキー!!」

「なるほど、3匹とも賛成のようだな。ならさっさと、迷宮散策を行おうか」

幸いなことに、パルパリ迷宮は5層までしかない。

ひとつのフロアも小さく、敵も最大でD級までの魔物しか出現しない。要は完全に初心者向けの迷宮というわけだ。

「さっそく迷宮散策を……行くまでもないか」

ふと視線を右に向けると、通路の奥に魔物が存在することがわかった。

「ブーン……」

「鋼色をした60センチほどのカナブン……『メタルカナブン』だ!! 経験値が豊富だぞ!!」

一般的な魔物の数十倍以上の経験値を誇るメタルカナブン。防御力が高くすばしっこいため、倒すことは一苦労だが倒してしまえば一気にレベルアップできる。この機会だけは逃したくない。

「魔法や特殊な攻撃は通じない!! 全員、物理攻撃で殺せ!!」

「ドラァ!!」

「ガルゥ!!」

「ピキー!!」

俺の指示と同時に、3匹は駆けだした。

メタルカナブンはまだこちらに気付いていない。これは……いけるかもしれない。

「ドラァ!!」

「ガルゥ!!」

「ピキー!!」

ララのパンチ、リリの噛みつき、ルルの体当たりが命中。メタルカナブンの装甲に若干ヒビが入るが、まだ絶命には程遠い。

「メタルカナブンは生命力が極端に少ない!! そのまま押しきれ!!」

「ドラァ!!」

「ガルゥ!!」

「ピキー!!」

ララはそのまま殴打。リリは何度も噛みつき、ルルは【ニードル】で攻撃。

メタルカナブンの装甲のヒビがさらに広がる。逃げ出したいようだが、続けざまに襲い掛かる攻撃から逃れられないようだ。

そして、ついに――

「ブ、ブーン……」

メタルカナブンの体が粉砕した。

「よっしゃぁああああ！！！！」

柄にもなく大喜びしてしまう。

脳内に響き渡るファンファーレ。レベルアップした証拠だ。それは3匹も同じようで、3匹とも大喜びしている。

さっそくステータスを確認しよう。そう思ったときだった。

「ド、ドラッ!?」

「お」

ララの体が光りだす。

これは以前にリリにも起きた現象……進化だ!!

「ド、ドラッ……!?」

光の中でララのシルエットが変わっていく。小柄だった体が、見る見るうちに大きくなっていく。

そして、光は――晴れた。否、晴れてしまった。

「キドラッ!!」

そこにいたのは――

「……え？」

歪《いびつ》なドラゴンの姿が、そこにはあった。

◆

魔物は進化する。

そしてその進化先は、『配合』を行うと変わる場合がある。リリに獣系の魔物を多く配合した結果、リリは通常の進化先である『ウルフ』ではなく『ビーストウルフ』という別種の魔物に進化した。

そう、そのことは知っていた。

だが……気付くのが遅すぎたのだろう。

俺はララに……不要な配合を行いすぎた。

「キドラッ!!」

ベースとなっている容姿は、ベビードラゴンの進化先である『リトルドラゴン』と同じだ。

大きさは150センチ程度になり、全身がガッチリとした。首と上腕は体の大きさに比べると、いささか長く感じる。目つきは鋭くなり、牙も生えた。滑らかだったオレンジ色のウロコは、その色を保ったままザラザラとした感触になった。背中の翼はその大きさをほとんど変えておらず、飛べるかどうか怪しい。

ここまでなら、普通のリトルドラゴンの特徴だ。ララもおおよその要素は、ただのリトルドラゴンと大差ない。そう、体に付与された要素が多すぎるだけだ。

右腕はリトルボアのように毛深く、強靭だ。片翼はバットのように、漆黒色に染まっている。左脚はゴブリンのように緑色で、若干頼りない。左手の指先はゴブリンのようになっており、ものを掴めそうだ。頭部にはホーンラビット由来と思われる、1本の角が備わっている。本来ならオレンジ色のウロコで覆われているハズの皮膚は、様々な魔物の皮をツギハギにしたような、若干グロテスクなそれに変容している。

「なんだよ……これ……」

そう呟き、恐る恐るステータスを開いた。

【名　前】：ララ
【年　齢】：1
【種　族】：リトル・キメラドラゴン
【レベル】：1
【生命力】：58／58
【魔　力】：32／32
【攻撃力】：62
【防御力】：64
【敏捷力】：54
【汎用スキル】：剣術　Lv 6
　短剣術　Lv 11
　体術　Lv 2

引っ掻き Lv12
噛みつき Lv11
突進 Lv10
超音波 Lv3
【種族スキル】：ベビーファイア Lv21
超音波 Lv11
ニードル Lv6
毛棘飛ばし Lv3
火炎車 Lv5
毒爪 Lv8
【固有スキル】：なし
【魔法スキル】：《下級の火球《ファイア・ボール》》 Lv3

「理由は……わかっている。全て俺の責任だ」

リリが進化して、進化先に配合素材の要素が大きく関わると気付くまでに、俺は幾度も配合を繰り返した。否、繰り返してしまった。

やたらめったらと深く考えもせずに、適当な魔物との配合を繰り返してしまったのだ。リリはたまたま獣系と多く配合を行えたが、ララは違う。ゴブリンなどのヒト型系やリトルボアなどの獣系、その他にも関係性の少ない魔物と多く配合をしてしまった。

進化先に配合素材の要素が大きく関わることに気付いたのは、つい先日のこと。

つまり……遅すぎたのだ。ララの進化までに甲虫系の魔物と配合させて軌道修正を行おうとしたが、時既に遅し。

結果、ララは歪な進化を遂げてしまった。

合成魔物《キメラ》の名の通り、様々な魔物と無理やり掛け合わせたような姿。

まぁ……アレだな。俺は結構好きな容姿だ。歪ではあるが。

「ステータス的にはそう悪くないな」

「キドラッ!!」

「それに……ここから軌道修正をすればいいか」

魔物の進化は1回だけでは終わらない。その回数は魔物にもよるが、ベビードラゴンの場合は計4回進化すると言われている。つまりララはあと3回は進化のチャンスがあるのだ。

「軌道修正は今からでも、十分間に合うな」

「キドラッ!!」

「それに……メタルカナブンのテイムに成功すれば、ララは手っ取り早く進化できる」

ララに必要な甲虫系と鋼鉄系の要素。メタルカナブンはそのどちらも用いる。つまり、これ以上ない最高の配合素材なのだ。

「よし、それでは……メタルカナブン狩り兼テイムに勤《いそ》しもう!!」

「キドラッ!!」

「ガルゥ!!」

「ピキー!!」

こんな場所に長居はしたくないが、強くなるために我慢しよう。

◆

その後、しばらく迷宮内を散策していると――

「あ」

とある部屋に足を踏み入れた瞬間、大量の魔物が出現した。いわゆる『モンスターハウス』に入ってしまったらしい。

「……めんどくさいな」

モンスターハウスは全ての魔物を討伐すると、特殊なアイテムを獲得できる。だが……目の前にいる総勢40匹の魔物の群れを倒すのは、かなり面倒だ。

「手分けするか」

そう呟き、俺は3匹を召喚した。

「キドラァ!!」

「ガルゥ!!」

「ピキー!!」

「ノルマは10匹だ。わかったな?」

3匹がコクッと頷く。

「よし、それでは始めようか」

俺たちは蹂躙《じゅうりん》を始めた。

◆

「はッ!!」

最初に殺した魔物は、『サバトゴート』だ。この魔物は首から下は、ごく普通のヤギだ。だが頭部だけ、何故か骨だけとなっている。そんな邪悪な見た目をしたサバトゴートを、ナイフでズタズタに惨殺する。

所詮はE級の魔物。俺の敵ではない。

「次ッ!!」

次に相手をしたのは、『ブラックローチ』という魔物だ。見た目は……デカいだけのゴキブリ。60センチもある。生理的に受け付けない見た目のため、早急にナイフで惨殺する。

……うげっ、白い液体がビュルッと頭から漏れ出た……。

「うッ……背後から体当たりするな!!　鬱陶しいな!!　《仲間術《テイム》》!!」

背後から体当たりをしてきたサバトゴートを、テイムする。無事に成功。俺の影に収納された。

「次ッ!!」

次に相手をしたのは、『リザードマン』だ。二足歩行の、革鎧と剣で装備を固めるトカゲのような魔物。初心者キラーとして恐れられているが、俺には関係ない話だ。

首元をナイフで切り付け、大量出血で惨殺。

「次は……またリザードマンか!!　《仲間術《テイム》》!!」

背後から剣で切り付けようと迫るリザードマンを、テイムする。無事に成功。俺の影に収納された。

「次は……ブラックローチ!!　お前は殺す!!」

コイツだけはテイムしたくない。

ナイフで惨殺。うげっ、またしても白い液体……。

「次ッ!!」

次に相手をするのは、『レッサーアラクネ』だ。

俺と最初に配合した、体長60センチほどのクモ型の魔物。俺に配合魔人としての生き方を与えてくれたから、敬意を表して惨殺する。

「次は……メタルカナブン!!　《仲間術《テイム》》!!　《仲間術《テイム》》!!　《仲間術《テイム》》!!」

3連続のテイム、全て失敗。

1匹の魔物に対して、テイムは3回までしか使えない。悔しい思いを抱き、メタルカナブンを惨殺。

……脳内に響くレベルアップのファンファーレが、妙に虚しい。

「次ッ!!」

次に相手するのは、『ウルフ』だ。

その名の通り、見た目はただのオオカミ。

リリが本来進化するハズだった魔物のため、敬意をもって惨殺する!!

「次も……ブラックローチ!! ゲンナリさせるな!!」

襲い掛かるブラックローチを、必要以上に惨殺する。クソッ!! 10分の3でブラックローチとか、確率おかしいだろ!!

「ラストは……メタルカナブン!! 《仲間術《テイム》》!! 《仲間術《テイム》》!! 《仲間術《テイム》》!!」

3連続のテイム、今度は成功した。

メタルカナブンが俺の影に収納される。

よしッ!! ラストがこれで嬉しい!! 最高の気分だ!! ブラックローチに汚された俺の気持ちを、見事に洗浄してくれた!!

「よし、11匹終了。あとは……」

3匹の方を見ると、もうじき終わるといった感じだった。

「キドラッ!!」

ララは口からブレスを放ち、3匹同時に魔物を滅却する。範囲攻撃か。さすがはドラゴンといった感じだな。その攻撃にて、ララのノルマは完了した。

「ガルァ!!」

リリはその高い敏捷力で、瞬く間に魔物を討伐する。リザードマンの固いウロコも、リリの牙には敵わない。思い切り首元に噛みつき、思い切り噛み千切るのみだ。そんなグロテスクな戦法で、リリのノルマが完了した。

「ピキー!!」

ルルはその体を大きく広げ、一気に複数匹の魔物を丸呑みにする。そして体内でニードルを形成し、体内の魔物を突き刺した。……正直、一番えげつない戦い方だ。残酷な戦法で、ルルのノルマが完了した。

「……これで終わりか」

辺りに広がる、死屍累々《ししるいるい》。

やはり……ブラックローチの数が断然多い。この迷宮、生理的嫌悪を誘発するな。初心者に人気という話は、ウソなんじゃないのか？

「お」

唐突に部屋の中央部分に、宝箱が出現した。そう、これを求めていたんだ。

「さて、中身は……？」

宝箱を開ける。

そこには——

「……種？」

一粒の種が入っていた。

◆

【ランダムの種】

食べるとランダムな効果が発動する種。


【鑑定眼】を使ってみても、意味不明な記載しかない。なんだよ、ランダムな効果って。

「とりあえず……食べてみるか」

おそるおそる種を食べる。

ガリッと噛み砕き、飲み込んだ。味はアーモンドに似ているな。飲み込むと同時に、目の前にウィンドウが現れた。

【魔法スキル：闘気《とうき》を獲得しました】

と、書かれたウィンドウが。闘気……？　聞いたことないな。

とりあえず、出てきたウィンドウをタップする。

【魔法スキル：闘気】
体にオーラを纏い、身体能力を大幅に上昇するスキル。修練を積んだ武人《ぶじん》のみが獲得可能な、魔法スキルである。

「へぇ、魔法スキルなのに会得《えとく》できるのは、魔法師ではなくて武人なのか」

変わったスキルを手に入れた。

だが修練を積んだ武人にしか会得できないスキルとは……相当強力なスキルなんじゃないのか？

「俺、当たりを引いたんじゃないか？」

気分がいい。

良いことが起きると、気分がいいな。

「よしッ!!　この調子で迷宮を散策しよう!!　モンスターハウスを片っ端から、攻略していこう!!」

俺はそう意気込み、さらに迷宮を散策した。

◆

その後、俺は迷宮散策に数十時間費やした。おかげさまで俺のレベルは150を超え、3匹もレベル20を超えている。テイムに成功したメタルカナブンが3匹とかなり少ないが、出現率が低くすぐに逃げるメタルカナブンを3匹もテイムできたのだから上々だろう。

ちなみにモンスターハウスには、出合うことができなかった。どうやら俺の運は、闘気を得た段階で尽きたらしい。

……悲しい。

数十時間迷宮を散策し続け、さすがに風呂に入りたくなったので俺たちは最終層の5層までやってきた。ちなみに俺は臭くない。

5層に降り立つと、目の前には巨大な扉があった。ボス部屋の扉だ。ボスを倒せば帰還ゲートが出現し、帰還が可能になる。さっさと倒して帰ろう。

扉を開く。

そして、部屋にいたのは――

「オガガ……」

それはヒト型の魔物だった。

3メートルを超える長身に、筋骨隆々《きんこつりゅうりゅう》の体。皮膚は浅黒く、頭部には大きな角。もちろん牙も生えている。右手には巨大な棍棒。防具は腰蓑だけと貧相。

「『オーガ』か」

「オガァアアアア!!」

D級の魔物、オーガが俺たちの前に立ちふさがった。

「……以前までの俺ならば、きっと焦り糞尿《ふんにょう》を漏らしていただろう」

だが、今の俺は違う。

レベルは150もあり、何よりも最強の味方が3匹もいる。

「テイムはする……が、まずは弱らせてからだな」

いくらボスとはいえ、俺が戦えば一撃で屠ってしまう。その為、今回の戦闘では俺は戦わない。全て3匹に任せ、俺は指示を出すだけにしよう。

「オガァアアア!!」

パルパリ迷宮最後の戦いが、幕を開けた。

◆

「ララ!! 殴れッ!!」

「キドラッ!!」

棍棒を振り回すオーガの攻撃を潜り抜け、ララはオーガの腹を殴る。ゴブリンと配合したことで得たスキル【体術】のおかげで、ララのパンチの威力が増している。メタルカナブンの甲殻にも一撃でヒビを入れるその拳は、いかに屈強なオーガであっても悶絶するほどだった。

「キドラッ!!」

その後、ララは軽く飛翔。そして、炎を纏いながら回転してオーガを攻撃した。

「なるほど、【火炎車】か」

『ファイアネズミ』という魔物から得た、【火炎車】というスキル。炎を纏いながら回転するという攻撃は、シンプルながらも強力だ。現にオーガは腹を焼かれ、悶えている。

「オ、オガガ……」

「リリ!! 首に噛みつけ!!」

「ガルァ!!」

腹を押さえて蹲るオーガに対して、リリが追い打ちをかける。首に噛みつき、牙でその肉を抉る。

大量の出血をしてしまうが、リリの攻撃はやまない。

「ガルァ!!」

リリは少し離れ、毛を逆立てた。

そして、逆立てた毛をオーガに飛ばす。

「なるほど、【毛棘飛ばし】か」

『ヘッジホッグ』という魔物から得た、【毛棘飛ばし】というスキル。トゲのように鋭い毛を飛ばす攻撃は、シンプルながらも強力だ。現にオーガは毛棘が突き刺さり、苦しんでいる。

「オガガ!!」

「ルル!!【ニードル】で突き刺せ!!」

「ピキー!!」

リリを突き放そうと暴れまわるオーガを、ルルが【ニードル】で突き刺す。腹に突き刺さったルルは、突き刺さったまま動かない。おそらく【毒爪】の要領で毒を注入しているのだろう。

「オ……ガァ!!」

思い切り暴れまわり、オーガはリリとルルを突き放した。だが被害は甚大で、喉元と腹部から多量の出血が見受けられる。おまけに毒を注入された影響か、顔色もかなり悪い。

「よし、そろそろいいだろう」

苦しみ悶えるオーガに近付き、唱えようとする。だが、その瞬間にオーガは俺に向かって、拳を振るってきた。

「オガァアアア!!」

「……ハァ、D級のお前じゃ無駄だ。俺には傷ひとつ与えられないぞ」

オーガの拳が俺の頭部に命中するが、無傷。傷ひとつ付かない俺を見て、オーガは驚愕している。

「オ、オガァ!!」

「ハァ……何度攻撃しても、全て無駄だ。いい加減、諦めろよ」

オーガの連打。

だがそのどれもが、無傷。

攻撃力が50を超える程度のオーガの攻撃では、俺には傷を与えることなど不可能なのだ。

「鬱陶《うっとう》しい。そろそろやめろ」

攻撃してくるオーガの右腕を掴み、思い切り引っ張る。すると――肩からオーガの右腕が千切れた。

「あ」

「オガァアアアアア!!」

轟くオーガの咆哮。

滴るオーガの鮮血。

やばい、やり過ぎた。

「さっさとテイムしよう。《仲間術《テイム》》」

オーガの体に触れ、唱える。

するとオーガの体は淡く輝き、俺の影に入っていった。

「……俺の勝ちだ！」

D級の迷宮を実質ソロで踏破《とうは》した。攻略した。その事実が俺の胸を熱くする。

カナトパーティ時代、俺は腰巾着と煽られた。バカにされた。ソロでは何もできず、俺たちがいなければ無能だと揶揄された。悔しい気持ちでいっぱいだったが、その言葉は事実だったので言い返すこともできなかった。

だが……今は違う。

かつての雪辱を果たすことができたのだ。

D級の迷宮を難なく踏破し、ボスに圧勝できたのだ。

「……あぁ、気分がいい」

心の底から、歓喜する。

なんと……最高の気分なのだろうか!!

◆

オーガを倒してからすぐに、ふたつのものが出現した。ひとつ目は帰還用のゲート。そしてもうひとつは宝箱だ。

「ボスドロップ……、あまり期待はしないでおこう」

魔物を倒すと、稀にアイテムを落とすことがある。さらに落としたアイテムには【通常ドロップ】と【レアドロップ】のふたつが存在する。通常ドロップは価値の低いものがほとんどだが、レアドロップはその名の通り希少価値の高いものがほとんどだ。

冒険者が迷宮に潜るのは、レアドロップアイテムを狙うためだと言っても過言ではない。そしてザコ魔物は稀にしかアイテムを落とさないが、ボス魔物は倒すと必ずアイテムを落とす。

そしてボス魔物にも通常ドロップとレアドロップは存在し、その希少価値はザコ魔物のそれとは比較にならない。D級のボスであるオーガのドロップアイテムでさえも、レアドロップだったら5年は遊んで暮らせるほどの価値があるのだ。

……まぁ、レアドロップの確率は1万分の1程度だから、そうそう出るものではないのだが。実際に俺は一度も出したことがない。

簡単に出るのであれば、ボス周回をする冒険者なんていないないだろうからな。

「さて、中身はなんだろうな――」

宝箱を開く。

そこには――

「――え」

無骨な角笛が2本あった。

◆

魔物が落とすアイテムは、基本的にひとつのみだ。

だがごく稀に……具体的には10万分の1の確率で、アイテムをふたつ落とすことがある。レアドロップよりも低い確率なので、その現象に遭遇した冒険者は少ないが。

理論上はレアドロップをふたつ得られる可能性もある。だが、1万×10万＝10億分の1の確率なので、俺の知る限りだと歴史上この現象に遭遇した冒険者は存在しないハズだ。

天文学的確率の現象。

普通であれば、遭遇する者など現れない――ハズだった。

「――え」

宝箱の中には、無骨な角笛が2本。

その事実が俺をフリーズさせる。

「お、オーガのレアドロップは……『戦いの角笛』だ。こ、効果は……味方全体の攻撃力を10分間10パーセント上昇させること……だ」

D級にしては破格のアイテム。

オーガを周回する冒険者が多いのは、このアイテムが原因だ。ちなみに売値は金貨900枚。働かなくとも3年は生きていける額だ。

「れ、レアドロップが……ふたつ……。つ、つまり……10億分の1の確率を引いた!?!?!?」

眼球が飛び出そうなほど驚いてしまう。

マジか、まさか俺にこんな幸運が降り注ぐなんて。

……ここで運を使い果たしたんじゃないか？　俺、明日死ぬんじゃないか？

「ま、待て。落ち着け、餅つけ。まだ慌てるような時間じゃない」

興奮を鎮める。

そうだ、冷静になれ。

「と、とりあえず……ひとつは保管して、ひとつは売却しよう」

そして3年間無職生活……と、いう生き方もアリだろう。

だが――

「……無職を謳歌している間に、カナトたちがドンドン成り上がったら嫌だな」

俺を捨てたカナトたちを、見返してやりたい。財力という形ではなく、冒険者として上に立ってやりたい。

そして、こう言ってやるのだ。「不遇職に追い抜かれて、悔しくないのか？　俺を追放したことは、間違いだったな」と。

せっかく強くなれる力に気付けたんだ。

だったら、のうのうと堕落するのは勿体無い。カナトたちよりも強くなって、カナトたちよりも上に立ちたい。具体的には……ＳＳＳ級になってみせたい。

「そのためには……まずは武器の調達だな」

ナイフを手に取り、ため息を零す。

ボロボロでヒビの入った、なんとも頼りないナイフだ。中古の安物だから仕方のないことだが、よくこんな武器でこれまで戦えてこられたな。自分でも驚きだ。

「帰還してすぐに武器屋に……いや、その前に風呂か」

数十時間この迷宮にいたので、風呂に入りたい。まぁ、俺は臭くないんだが。

「その後は……ゆっくり寝ようか。ロクな睡眠を取っていないからな」

ハァ、また長い睡眠を取ることになるのだろうか。時間を無駄にしているようで嫌なのだが、睡眠不足は体にも脳にも悪いからな。眠らない日々を過ごすことは、俺の求める強さから離れてしまうことに繋がる。

仕方ない。グッスリと眠ってやろう。

「さぁ、帰還だ」

俺はゲートに足を踏み入れた。

◆

帰還した俺たちは、さっそく配合に取り掛かった。

「ララにはメタルカナブンだな」

ララとメタルカナブンを配合する。

ピカリとララの体が光り輝き、その光が晴れると若干ウロコが硬そうになったララの姿が露わになった。

【名　前】：ララ
【年　齢】：1
【種　族】：リトル・キメラドラゴン
【レベル】：1
【生命力】：161／161
【魔　力】：51／51
【攻撃力】：166
【防御力】：171
【敏捷力】：169
【汎用スキル】：剣術　Lv 6
短剣術　Lv 11

体術　Lv8
引っ掻き　Lv15
噛みつき　Lv17
突進　Lv12
【種族スキル】：超音波　Lv17
ニードル　Lv7
毛棘飛ばし　Lv4
火炎車　Lv6
毒爪　Lv10
メタル化　Lv99
【固有スキル】：なし
【魔法スキル】：《下級の火球《ファイア・ボール》》Lv4

「おぉ、スゴくレベルが高いスキルを習得したな」

メタルカナブンと配合したことによって、レベル99のスキル【メタル化】というスキルを手に入れた。さっそくタップして、確認してみる。

【種族スキル：メタル化】

肉体をメタルボディにして、攻撃力5万以下の攻撃によるダメージを1にするスキル。

メタル系の魔物は常時発動。それ以外の魔物は1秒につき、1000の魔力を消費して発動する。


「……ハズレスキルかよ」

リトル・キメラドラゴンはメタル系の魔物ではないため、常時発動はできない。そのために1秒につき、1000の魔力を支払う必要があるのだが……ララの総魔力は51だ。とてもじゃないが発動できない。

「ハァ……テイムが難しい魔物だから、スキルも強いと思ったんだけどな」

「ドラァ……？」

「あぁ、悪い。お前は悪くないよ」

ララの頭を優しく撫でる。ゴワゴワの毛皮とガチガチのウロコの触感を同時に味わって、なんだか不思議な感覚だ。

「まぁいい。進化すればメタル系になるかもしれないからな。メタルドラゴンっていう魔物もいるから、その可能性は十分ある」

配合によって進化する魔物は、その全てが俺の知らない未知の魔物だった。

そして配合を繰り返すことによって、素材となった魔物の特徴を引き継ぐ進化をするということもわかった。だからこそ、メタルカナブンと配合を続けることにより、新たなメタル系のドラゴンに進化する可能性は十分ある。というよりも、それに懸けるしかない。

「さて、次はリリの番だ」

「ガルゥ!!」

「おぉ、良い返事だな」

素材にするのは……『サバトゴート』だ。

この魔物は首から下は、ごく普通のヤギだ。だが頭部だけ、何故か骨だけとなっている。その特徴的な外見から、魔物を崇拝している邪教《じゃきょう》から好かれている魔物である。

「コイツは獣系の特徴を持ちながら、悪魔系の特徴も持つ稀有な魔物だ。つまりコイツと配合を行えば、獣系のパワーと悪魔系の魔力を得ることができるハズだ」

「ガルゥ!!」

「よし、配合するぞ!」

リリとサバトゴートを配合する。

ピカリとリリの体が光り輝き、その光が晴れると頭部からヤギのような角が生えたリリの姿が露わになった。

【名　前】：リリ
【年　齢】：1

【種　族】：ビーストウルフ
【レベル】：1
【生命力】：150／150
【魔　力】：39／39
【攻撃力】：287
【防御力】：105
【敏捷力】：351
【汎用スキル】：引っ掻き　Lv 41
　　　　　　　噛みつき　Lv 57
　　　　　　　突進　Lv 32
　　　　　　　嗅覚強化　Lv 38
【種族スキル】：超音波　Lv 6
　　　　　　　ニードル　Lv 6
　　　　　　　毛棘飛ばし　Lv 11
　　　　　　　火炎車　Lv 8
　　　　　　　毒爪　Lv 20
　　　　　　　遠吠え　Lv 24
【固有スキル】：なし

【魔法スキル】：《下級の火球《ファイア・ボール》》Lv 3
《下級の闇球《ダーク・ボール》》Lv 3

「新たに得たのは魔法スキルか」

物理攻撃をメインにしようとしていたリリが、魔法スキルを覚えても正直利点は少ない。だがまぁ……魔力が増えたから良しとしよう。獣系故に攻撃力なども上昇しているからな。

「よし、次はルルだ」

「ピキー!!」

「返事はいいが……いい加減進化してくれよ?」

3匹の中で唯一、ルルは進化をしていない。スライムは普通レベル15で『ファイアスライム』や『アイススライム』などの各種属性に即したスライムに進化するのだが……。

俺が無駄に配合を行ったせいで、進化できなくなったのか？　仮にそうなら……全て俺の責任になるな。

とりあえず、もう少しルルに関しては様子見をしよう。もっと配合を行えば、もしかすると進化するかもしれないからな。

「コイツにするか」

素材にするのは……『ゴブリンプリースト』だ。ゴブリンの中でも回復魔法を使える、中々に珍しいゴブリンだ。

ルルには回復を頑張ってほしいので、『〇〇プリースト』系の魔物との配合を行っている。

「さぁ、進化してくれよ!!」

リリとゴブリンプリーストを配合する。

ピカリとルルの体が光り輝き、その光が晴れると……特に変化のないルルの姿があった。

【名　前】：ルル
【年　齢】：1
【種　族】：スライム
【レベル】：1
【生命力】：36／36
【魔　力】：31／31
【攻撃力】：41
【防御力】：39
【敏捷力】：28
【汎用スキル】：噛みつき　Lv17
引っ掻き　Lv15

【種族スキル】：超音波　Lv 17
突進　Lv 12
ニードル　Lv 7
毛棘飛ばし　Lv 4
火炎車　Lv 6
毒爪　Lv 10
【固有スキル】：回復のコツ　Lv MAX
【魔法スキル】：《下級の火球《ファイア・ボール》》　Lv 3
《下級回復魔法《ヒール》》　Lv 24
《中級回復魔法《ヒール》》　Lv 6
《全体回復魔法《オール・ヒール》》　Lv 1
《下級解毒魔法《キュア》》　Lv 12
《全体解毒魔法《オール・キュア》》　Lv 1

「……お？」

進化せずに落胆していたが、見慣れない固有スキルがあることに気付いた。

さっそく確認だ。

【固有スキル：回復のコツ】
回復魔法の消費魔力が5分の1になる。

「スゴい!!　ルルにピッタリじゃないか!!」

魔力の消費を減らせるのだから、これはトンデモないスキルだ!!　これまで幾度も魔物と配合を行ってきたが、そもそも固有スキルを持つ魔物と配合できたこと自体が初めてだ!!

「いやぁ、進化はできなかったが素晴らしいな!!　スゴいぞルル!!」

「ピキー!!」

ルルの体を抱きしめる。

ヒンヤリとしていて、実に気持ちがいい。

この感触を再現した抱き枕を開発すれば、大儲けできるに違いないな。

「さて、最後は俺か」

選ぶ素材は既に決まっている。

先ほど手に入れた、『オーガ』だ。

「見るからに膂力《りょりょく》に優れている。先ほどステータスを確認したが、有力なスキルも多数揃えている。まさしく最高の素材だ」

配合によって継承されるスキルはひとつだけだが、オーガの持つスキルの中からどれを引いても当たりなのは確定している。
気楽に配合を始めた。

【名　前】：アルガ・アルビオン
【年　齢】：18
【種　族】：魔人
【等　級】：E
【職　業】：テイマー・配合術師
【レベル】：157
【生命力】：2958／2958
【魔　力】：1465／1465
【攻撃力】：4065
【防御力】：3945
【敏捷力】：4001
【汎用スキル】：鑑定眼　Lv MAX
剣術　Lv 28
短剣術　Lv 49

体術　Lv27
引っ掻き　Lv23
噛みつき　Lv23
突進　Lv21
【種族スキル】：配合魔人　LvMAX
蜘蛛糸　Lv27
超音波　Lv19
ニードル　Lv11
毛棘飛ばし　Lv13
火炎車　Lv11
毒爪　Lv21
【固有スキル】：最終進化者　LvMAX
剛力筋肉《パワー・マッスル》　LvMAX
【魔法スキル】：《下級の火球《ファイア・ボール》》　Lv12
《下級の闇球《ダーク・ボール》》　Lv6
《下級回復魔法《ヒール》》　Lv6
《中級回復魔法《スーパー・ヒール》》　Lv2
《全体回復魔法《オール・ヒール》》　Lv3

《下級解毒魔法《キュア》》Lv2
【職業スキル】:《全体解毒魔法《オール・キュア》》Lv1
《仲間術《テイム》》LvMAX
《配合術《ミックス》》LvMAX

「おぉ‼　やった‼」

運のいいことに、固有スキルを習得できた。オーガの所持していたスキルの中で、一番の当たりだ。


【固有スキル:剛力筋肉《パワー・マッスル》】

主にボスのオーガが所有するスキル。

所有者の攻撃力と防御力を上昇させる。

また、毒への耐性も上昇する。


「なるほど……?」

ステータスを見る限り、そこまで上昇している様子はない。固有スキルではあるが、D級の魔物が有していたものなので弱いのだろう。

まぁ……固有スキルを得ることができただけで、良しとしよう。

「よし、今回の配合はここまでにしよう」

まだ配合素材はいるが、バカスカと使用してしまうといずれ枯渇する。

配合は計画的に。以前枯渇し、ひもじい思いをして学んだ教訓だ。

◆

次の日、俺は『闇市場』にやってきた。

この街は一見すると栄えているが、少し路地裏に入ると凄惨なスラム街が顔を出す。そこに闇市場はあるのだ。

ここで扱われる商品の質はピンキリだ。だが、正規ルートで買おうとすると非常に高額な商品が、闇市場では安値で売られている場合も少なくない。もちろん逆も然《しか》りだが。

「さて、今日はお目当ての商品はあるかな？」

そう呟き、入ったのはボロい武器屋だ。

「……らっしゃい」

ふてぶてしいおっさんが、ムスッとした表情で俺を出迎えてくれた。まぁ、闇市場の接客態度なんて、こんなものだろうな。

「これを売却したい」

そう言って、俺はカウンターに角笛を1本出した。

「これは……な、なるほどな」

おっさんはジックリと角笛を、まるで舐めるように鑑定している。

闇市場はその性質上、ガラの良くない者が跋扈《ばっこ》している。粗悪品を売られることも、多々あるのだろう。だからこそ、おっさんは偽物かどうかを見極めているというわけだ。

「……アンタ、これはダメだな」

「は？」

「偽物だ。金貨1枚で対応――」

俺はすぐさまナイフを抜き、カウンターに乗せているおっさんの手の甲を刺した。刃先がおっさんの手を貫通し、木のカウンターにまで達するのを感じる。

「ぐ、がぁあああ!! な、何しやがる!!」

「あまり俺を舐めるなよ？ それはオーガから直々にドロップした、正規品だ」

「は、離せ!! 俺が悪かった!!」

「俺の格好を見て、初心者冒険者だと思ったのだろ？ 適当なデマカセを言えば、こんな奴は騙せると思ったんだろ？」

そのままナイフをグリグリと捻り、さらなる痛みを与える。

「ぐ、がぁあああああ!!」

「甘いんだよ。あまり舐めるなよ？」

「お、おい!! 俺の知り合いにはマフィアがいるんだぞ!! こんなことをして、タダで済むと思うなよ!!」

「だったら今すぐ呼べばいいだろ。カモにしようとした男に、反撃されましたってな」

「そ、それは……」

「この程度の諍いで動いてくれるほど、マフィアは優しくないだろうがな」

さらにナイフをグリグリする。

「わ、わかった!!　俺が!!　俺が悪かった!!」

「買取価格を倍にしろ」

「な、何ッ!?」

「大切なお客様を騙したんだ。それくらいはしろ」

「だ、だが……この店が潰れるし!!」

「安心しろ。この店で一番価値の高いナイフを、買い取ってやるから」

「だ、だが……」

「言うことが聞けないのならば、ナイフを勝手に盗むぞ?」

「わ、わかった!!　倍で買い取ってやる!!　一番強いナイフもやる!!」

「最初からそう言え、バカが」

店主の手からナイフを抜き取る。

「１８００枚の金貨……いや、それだとキリが悪いか。金貨２０００枚用意しろ」

「……チッ、覚えていろよ」

「何か言ったか？」

「なんでもねェよ!!」

店主はそう言って、バックヤードに戻った。しばらくすると、大きな麻袋《あさぶくろ》と漆黒の箱を持ってきた。

負傷した手に包帯を結びつけている。

「まずこれが金貨２０００枚だ」

「なるほど、重いな」

手渡されたのは、ズッシリと重い麻袋。

中を見ると、ギッシリと金貨が詰まっている。枚数は後で数えよう。

「それでこっちが……俺の店で一番強い短剣【黒竜の牙】だ」

黒い箱に納められていたのは、一振りの漆黒の短剣。【黒竜の牙】の名の通り、獣の牙をそのまま加工したような武器で装飾は一切ない。刃渡りは20センチほどで、今使っているナイフと大差はない。

「手に持っても？」

「あぁ、構わねぇよ」

【黒竜の牙】を手に取る。

軽い。まるで羽のようだ。

軽く振ってみると、実に手に馴染む。

大袈裟だが……俺と出会うためだけに存在するような、そんな武器だ。

「バ、バカな……。な、なんで、『呪い』が発動しねェ!!」

「……『呪い』？」

「その短剣は性能こそ段違いだが、手にした瞬間に体が腐り落ちるハズだろ!!　どうして、呪いが効かねェんだ!!」

「俺が知るか。そして……つまり、俺を殺そうとしたんだな？」

何故呪いが効かないのか気になるが、今はどうでもいい。学習しないこの男に対して、腹が立ってそれどころじゃないからな。

……一度、痛い目を見せる必要があるな。

「そうだな、試し切りとしようか」

「は、ハァ？　な、何を――」

短剣を軽く振るうと、店主の体が両断された。客を騙すような店、存在しない方がいいだろう。

「て、テメェ……」

「傷口から腐っているな。なるほど、呪いの効果は攻撃時にも乗るのか」

軽く振るうだけで、人間を両断可能な攻撃力。攻撃時に呪いを付与可能な能力。

これは相当強い短剣だ。正規で購入しようとすれば、金貨5万枚はくだらないだろう。

「安心しろ。有り金全部持っていくなんて、そんな非道な真似をするつもりはない。ただ、角笛は返してもらうぞ」

バックヤードに侵入して角笛を回収後、俺はその店を後にした。

◆

その後、俺は闇市場の防具屋を訪ねた。

防具屋は俺を騙そうとすることはせず、接客態度も闇市場とは思えないほどに優れていた。こんな腐ったスラム街にも、素晴らしい店はあるんだな。

角笛を売却し、金貨100枚で購入した防具は【ブラックスパイダーシリーズ】の防具。

『ブラックスパイダー』の糸で編まれた、漆黒のロングコートと漆黒の長ズボン、漆黒のシャツだ。

サイズもちょうどいいものがあった。

「着心地バツグン。通気性快調。素晴らしい出来だ」

それに加え、防御性能も優れている。

物理攻撃を30パーセント軽減する効果。

全属性魔法に対する耐性。さらに破れても再生する。

まさしく、完璧な防具だ。

こんな防具を金貨100枚で購入できたのだから、俺はなんとツイているのだろうか。

「～♪」

鼻歌交じりで道を歩いていると――

「あ」

「？　……ハァ」

偶然にもカナトたちに出会った。

……楽しい気分が台無しだ。

◆

「……もしかして、アルガか？」

「……チッ、カナトかよ」

コイツらとは二度と出会いたくなかった。

自己中で傲慢、俺を評価できないクズ共。新たに武具を新調した日に出会うなんて、最悪だ。

しかし……カナトって、こんなに小さかったんだな。

160センチだったあの頃は、見上げるほど大きく見えたが……。確かカナトの身長は175センチだ。197センチの今の俺からしたら、そりゃ小さいが……俺の思っている以上に小さく感じる。

「どうしたんだよ、その体!!　それにその装備!!」

「アンタ……危ないクスリに手を出したのね!!　低身長で弱いから!!」

「とうとうしちゃったんスね？　万引きして防具を強くしても、本人の力量がゴミなら意味ないっスよ？」

「懺悔《ざんげ》しましょう。あなたの罪は重く、神がお許しになるかわかりませんが」

めんどうなやつらだ。

こういうところが、大嫌いなんだ。

「ハイハイ、じゃあな」

「おいおい待てよ、アルガ。久しぶりの出会いなんだ、少し話でもしようぜ？」

「……悪い、急いでるんだ」

少し話？　冗談じゃない。

俺のことを散々悪く言っておいて、よくもまぁそんなことを言えたもんだ。

「何よ!!　失礼じゃないの!?」

「そうっスよ、カナトさんがこう言っているんだから、素直に話を聞いたらどうっスか？」

「意地を張っていないで、私たちとお話ししましょうよ」

「……鬱陶しいな」

ヒステリックバカ、若作りバカ、清楚系バカ。こんなバカたちと四六時中一緒にいて、よくもまぁ狂わないもんだ。以前の俺は、若干のノイローゼになっていたというのに。

「ん、おい!!　アルガ、腰に着けているそれって!!」

「え……あ」

しまった。角笛を見られてしまった。

あぁ……めんどうなことになりそうだ。

「オーガのレアドロップ……だよな？」

「あぁ……うん。そうだ」

「へぇ……適当なパーティに腰巾着として加わって、そのパーティの慈悲で角笛を譲ってもらったのか？」

「これは俺ひとり……正確には仲間の魔物と一緒にだが、まぁ実質ソロで手に入れたんだ」

「ウソよ!!」

「不遇職であるテイマーが、ソロでオーガを倒せるわけがないっス」

「嘘までつくなんて……度し難いですね」

ほら、めんどうなことになった。

はぁ……さっさと帰りたい。

「信じなくてもいい。それより、俺さっさと帰りたいんだけど」

「でもよ、アルガ。俺たちはもっとスゴいぜ!!」

「聞いていないし……」

カナトは懐からあるアイテムを取り出した。見せつけるように天に掲げ、俺に自慢してくる。

「お前はD級のレアドロップだが、俺たちはB級のレアドロップだ!!」

カナトが見せつけてきたのは、金色の指輪。緑色の宝玉が嵌め込まれた、綺麗な指輪だ。

「『ゴーストプリンス』のレアドロップか」

「さすがはテイマーだな。魔物に関する知識だけは、人一倍といったところか。それ以外はゴミ以下だけどな」

「……で、何が言いたいんだ？」

「お前がセコセコと腰巾着として他のパーティに寄生している間に、俺たちは4人でゴーストプリンスの討伐に成功したんだよ‼　レアドロップもゲットしてな‼」

「いや、俺はソロで。いや、聞いていないか。で……自慢しているところ悪いが、そのアイテムの効果は知っているのか？」

「は？　知らねェけどレアドロップアイテムなんだから、強いに決まっているだろ‼　少なくとも、D級のオーガよりは、格段に強いぞ‼」

「……ひとつ忠告だが、帰ったら図鑑を見た方がいいぞ」

ゴーストプリンスのレアドロップアイテム、『引き裂かれた愛の指輪』。

その効果は……特にない。着装したところで、魔力を込めたところで、なんの能力も発動しないのだ。

アイテムのレア度とその価値は、比例しないことの方が多い。同時に魔物のランクが上昇したからといって、魔物が落とすアイテムが絶対に良くなるなどということはない。現にクソの役にも立たない指輪よりも、ずっと低ランクのオーガの角笛の方が価値が高い。その辺に生えている薬草の方が、綺麗なだけの指輪の何倍も役に立つ。

通常ドロップの方がレアドロップよりも強くて価値があるなんて、ザラにある話だ。低ランクの魔物が落とすアイテムの方が、高ランク魔物が落とすアイテムよりも優れているということもよくある話なのだ。

まぁ、コイツらはそのことに気付いていないだろうがな。強い魔物のドロップアイテムは、絶対に強い。などという、見当違いな考え方をしているのだろう。

滑稽だな。憐れで惨めだ。

真の価値に気付くことができずに、真の価値を知る俺に自慢をしている姿は。

「おいおい、悔しいからって嫉妬するなよ」

「嫉妬……お前にはそう聞こえたのか」

「テメェの角笛よりも、俺たちの得た指輪の方がずっと強いし、価値があるんだよ!!」

「あぁ……うん。そういうことにしておこう」

「悔しいだろ!! 戻ってきたくなっただろ!!」

「いや、全然」

人の話も聞かず、無駄に自慢をしてくる連中ともう一度組みたいなんて、余程のバカじゃないと思わないだろう。

少なくとも、俺はそんなバカじゃない。

それにしても……こいつら、本当に何がしたいんだ? マジでただの自慢がしたいのか? 仮にそうだとすれば……かわいそうだな。自慢できる人が、周りにいないのだろう。自己顕示欲を満たしたいというのに、それを満たしてくれる人がいないのだろう。

……心の底から憐れんでしまう。

「もしも……もしお前が戻りたいんだったら、別に戻ってきてもいいぞ」

「……はぁ？　俺の話聞いていたか？」

「気まずいのもわかる!!　照れ隠しだろ!!　本心を出せないのは、よくわかる!!」

「いや……え、そんな風に思われていたのか？」

「だが……どうしてもっていうのなら、お前が戻ってくることを許可してやるよ。テイマーはクソ職業だが、お前の魔物に関する知識は……認めているからな」

「あぁ……なるほど。完全に理解した」

つまりコイツらは、俺に戻ってきてほしいのだ。魔物に関する知識の豊富な俺を失い、出会う魔物の特徴がわからなくなった。弱点や有効属性、その他もろもろを俺はコイツらに教えてやっていたからな。そして敵対する魔物のことがわからなくなり、勝率が低くなった。迷宮攻略も難しくなった。だからこそ、俺に戻ってきてほしいのだ。俺の知識さえあれば、迷宮攻略が容易くなるから。魔物の討伐が容易になるから。

しかし、それを素直に言うにはプライドが邪魔をする。結果、こんな回りくどい言い方になっている。

大方、そんなところだろうな。

「……呆れた」

「は？　何がだよ」

「今さら戻ってこいだと？　もう遅いんだよ」

短剣を抜き、3匹の仲間を召喚する。

3匹を見た彼らは、目をギョッと見開いた。

「な、なんだよ!!　そいつら!!」

「気持ち悪い……。何よそのキメラみたいな魔物!!」

「毛深いウルフ……。あんなの見たことないっスね」

「普通のスライム……？　いいえ、以前と比べて何かが変わっていますね」

お前らの感想なんて、どうでもいい。

「今すぐ俺の前から失せろ。さもないと――」

「わ、わかった！　か、帰ってやるよ！」

「野蛮ね！　これだからアンタのことは嫌いなのよ!!」

「ボクたちと組むのが嫌なら、素直にそう言えばいいのにっス」

「すぐに暴力に訴えるなんて、やはり彼は優れたテイマーではありませんね。真に優れた者なら、対話で穏便に解決するハズですから」

ゴチャゴチャと言いながら、カナトたちはダッシュで駆けていった。俺の3匹に対して勝てないことを察したのか、慌てて逃げていった。

……情けない連中だな。

「本当に腹の立つ連中だな」

自慢と再勧誘。

神経を逆撫でることに関しては、天才的だと言えるだろう。

「アイツらがバカにできないほど、強くなってみせよう。できるだけ早く」

奴らの顔を見たことで、俺のやる気に火が付いた。さっそく明日は魔物のテイムを頑張るとしよう。

◆

「本当にムカつくわね!!」

さっきアタシたちの寛大な勧誘を断った挙句、アタシたちを脅したアルガが本当にムカつくわ!!

何よ!! 見ない間にちょっと強くなったからって、あの態度!! 傲慢よ!!

……まぁ、ちょっとカッコよくなっていたけど。だけど、クスリでよくなった容姿よ!! やっぱり、ダメよ!!

でも……カナトよりも大きくなっていたし。カッコよくなっていたし。ううん、ダメなものはダメなんだから!!

「本当にムカつくっスね。あの態度はあり得ないっス」

「私たちが慈悲深く勧誘してあげているというのに……本当に度し難いですね」

「だが……アルガを仲間に引き入れられなかったのは、かなりダメージとして大きいな」

カナトの言う通り、アルガはここで勧誘しておきたかったわ。

認めたくないけれど、どうやら他のテイマーの言うことは正しかったみたい。アルガはテイマーの中では並外れた才能を有していて、魔物に関する知識も並外れているらしいの。

もちろんテイマーの中での話だから、アタシたちから見たらゴミみたいな才能なんだけど。だけど……どんな魔物のことも知っている、あの知識だけは認めてあげるわ。

「どうするっスか？　このままだと、ボクたちはまた前進できないっスよ」

「あぁ、わかっている。……クソ、認めたくないな」

「そうですね……あの役立たずテイマーの知識がないと、迷宮の攻略がここまで難しいだなんて認めたくありませんね」

「本当!!　あぁ!!　ムカつくわね!!」

アルガがいなくなってから、アタシたちの活動は……少しばかり、難しくなった。

これまではどんな魔物が現れても、アルガに聞けば弱点や特徴を教えてくれたわ。だけどアルガがいなくなってからは、当然だけどそうはいかなくなったの。

弱点もわからない未知の魔物を相手に、アタシたちは……連戦連敗よ。効果的な攻撃もわからないで試行錯誤している間に、倒されちゃうの。

ここ数週間は、ロクに迷宮を踏破できていないわ。

だからこそ、ここでアルガを仲間にしておきたかったのに……。どうしてアイツは、大人しくアタシたちのもとに戻ってこないのよ!!

「だけど、安心してくれ。俺に考えがある」

「あら、どんな考えなの？」

「以前、先輩冒険者が言っていたんだ。一度も戦闘を行わない、そんな冒険者の話を」

「一度も戦闘を行わない……？　そんなことが可能なんスか？」

「あぁ。全てのザコ敵から逃げて、ボスは毒薬などで倒すんだ。先輩はこの戦法を使う冒険者を『チキン戦法の冒険者』と呼んでいたな」

「一度も戦わないと言いながら、ボスは倒す必要があるのですね。ですけれど、それなら私たちにでも可能そうです」

「毒薬なんて使わなくても、俺たちには『力』がある。最強の魔法を使うラトネ、拳で全てを粉砕するサンズ、傷ついた仲間を癒すナミミ。そして何より、俺がいる」

カナトの言葉を受けて、まるで霧が晴れたかのような気分になるわ。さすがはカナト。言うことが違うわね!!

「ザコ魔物を避ければ、残るはボス魔物だけ。弱点なんか狙わなくても、俺たちの力があればゴリ押せるだろう!!」

「確かに……ボクたちが苦戦していたのは、全て道中のザコ共っス。狙う敵をボスだけに絞れば、道中の消耗も少ないから倒せる可能性が高いっスね」

「そしてボスを倒せば……再び、私たちは前進できますね!!」

「あぁ!! よく考えれば、俺たちにアルガはいらない!! 不遇職のテイマーなんて、不要なんだ!!」

「そうよ!! 魔物の知識しかない頭でっかちは、アタシたちには必要ないのよ!!」

さすがカナト、いいこと言うわね。カナトの作戦は、素晴らしいわ。

この作戦がうまくいけば、あらゆる迷宮が攻略可能になるってことだものね!!

「よし!! それじゃあさっそくだが、明日迷宮に挑むぞ!!」

あぁ、なんて気分がいいのかしら!!

アルガが不要なことに気付いて、さらに新たな一歩を踏み出せるんだから!!

こんなに素晴らしい日は、存在しないわ!! アルガなんて……いらなかったのよ!!

◆

ここはいつものギルド。

3人の冒険者が、とある冒険者について話していた。

「そういやよォ、最近話題の冒険者を知ってるか?」

「最近話題? あぁ、チキン戦法を大いに失敗した、ピヨヨのことか?」

「ありゃ酷かったな。チキン戦法は道中の全ての魔物を避けるんだが、当然ながら魔物も多種多様だ。『絶対に逃げられない魔法』を使う奴もいるからな」

「そうそう。その上、ボスには毒薬をぶっかけるらしいが、【状態異常無効】のスキルを持つボスも多い。ボスは弱点を把握した上で対策をするべきなのに、アイツは何も考えずに毒をぶっかけるだけだからな。だから失敗したんだろう」

「チキン戦法なんて欠陥しかない戦い方、採用するなんてバカのやることだぜ」

「あ〜。盛り上がっているところ悪いが、俺が言っているのはピヨヨのことじゃないぞ?」

「え? じゃあ誰だよ?」

「あ、わかった！　最近チキン戦法を取り入れたバカ共、カナトパーティのことだな‼」

「いや、違う。ていうか、チキン戦法から離れてくれ」

ひとりの冒険者は、ため息を吐く。

チキン戦法がどれかけ欠陥の戦法か、うんざりするほど理解したような素振りで彼は語る。ある冒険者の話を。

「聞いたことないか？　訳わかんねぇ魔物を連れている、黒髪のテイマーの話を」

「あ～、なんか聞いたことあるようなないような」

「俺はあるぜ！　確か……キメラみたいなドラゴンを連れているんだろ？」

「あぁ、その通りだ。加えて、凶暴そうなウルフと普通のスライムを連れているらしいぜ」

「なんだよそりゃ。本当にテイマーか？　錬金術師じゃねぇのか？」

「錬金術師の知り合いがキメラみたいなドラゴンを見たらしいんだが、どうやらキメラとは根本的に違うらしいぜ」

「へぇ～、で。何が話題になってるんだ？　ただ珍しい魔物を連れているだけじゃねぇか」

ひとりの冒険者は、ニヤリと笑う。

そのテイマーのことを話したいと、その質問を待っていたと言わんばかりに、彼は語りだした。

「どうやらソイツ、魔物同士を合体できるらしいんだよ」

「合体？　錬金術の【キメラ錬金】みたいなものか？」

「確かに似ているが、どうやらそのテイマーが合体させた魔物は種族が【キメラ】にならないらしいぜ」

「はぁ？　どんな魔物でも、合体させたら種族が【キメラ】になるハズだろ？」

「さらにその合体、何度でも行えるらしい」

「おいおいマジかよ。キメラ作成は魔物への負担が大きいから、あまり何回も行えないハズだろ？　そいつの合体は何回もできるなんて、最強じゃねェか」

「そうなんだよ。何回も何回も魔物を合体できて、当然ながら合体の度に強くなる魔物。まさしく最強のテイマーだろ？」

「そいつ誰なんだよ？」

「あ〜、それは……」

これまで嬉々と語っていた冒険者は、急にバツの悪そうな表情になった。

「悪い‼　俺も名前とかは知らないんだ‼」

「はぁ、そんなことだろうと思ったぜ」

「だけど……元カナトパーティの仲間だってことは判明している‼」

「カナトパーティって、チキン戦法を取り入れた愚かなパーティだろ？　確かテイマーを追放しまくってるって、悪い噂が流れているぜ」

「確かにテイマーは不遇職だけど、魔物の知識だけは確かだってことに気付いてないんだろうな。ある程度実力があれば、気付けるハズなんだけどな」

「アイツらって、確かB級だよな？　そこまで昇格して、テイマーの知識の有用性に気付けないって……マジでバカなんだな」

呆れる冒険者たち。

そんな彼らのもとに、新たに3人の冒険者がやってきた。

「おいおい、楽しそうな話をしているじゃネェか」

「最強のテイマーとか、聞こえちゃったなァ!!」

「オレたちの前でその話をする意味、わかってるよなァ!!」

「げ……テトパーティ……」

屈強な浅黒い肌の3人の男共。彼らはまるで三つ子のように、ほとんど同じ容姿をしていた。

彼らは左から『テトワン』『テトツィ』『テトスリィ』というふざけた名前をしている。三つ子でもないというのに、見た目がほとんど同じで似たような名前。周りの冒険者が気色悪がっていることを、彼らは知らない。

彼らはテイマーのことを、蛇蝎《だかつ》の如く嫌っている。理由はしょうもなく、3人ともテイマーに彼女を寝取られたからだ。彼らはテイマーという言葉を聞くだけで虫唾《むしず》が走るようで、言葉を溢した者に暴行する。最悪なことに彼らはB級冒険者のため、反撃できる者は少ない。

「おい、教えろよ。誰なんだよ、そのテイマーは」

「い、いや……俺も詳しいことは知らない……」

「ウソを吐いてるんじゃねェよ!!　さっさと吐いた方が、気楽になるぜェ?」

「お、俺たちは今さっき話を聞いたから、マジで知らない……」

「うっせえな!!　さっさと話せよ!!」

「話が通じない……。だから、コイツらのこと嫌いなんだよ」

イライラが最高潮に達したのか、テトたちは冒険者たちに殴りかかろうとした。拳が冒険者たちの顔面に直撃する、そのとき――

「やめろよ」

3匹の魔物を従えた、黒髪の男が現れた。

第三章 × 謎の女編

「やめろよ」

ハァ……めんどくさいな。

どうして俺とは直接関係のない連中が、俺関連のことでケンカをしているんだ。冒険者という生き物は、どうしてこうも血気盛んなんだか。

だが……俺のことを良く言ってくれる連中を、無下《むげ》にするほど俺は腐っていない。自分を良く言ってくれる奴らは、大切にする主義なんだ。それ以外はどうでもいいけどな。

「あ？」

「なんだぁ？　デカい男!!」

「いや、待てよ……。テメェ!!　アルガだな!!」

俺《テイマー》のことを蛇蝎の如く嫌っておきながら、一目見ただけではわかんないのかよ。少し思い出す時間がなければ、俺のことがわからないとは。

なんと言うか……コイツら本当に俺のことが嫌いなのか？　本当に嫌いなら思い出す時間なんて必要なく、一目見ただけで眉間にシワを寄せると思うんだけどな。

「……初対面だが俺は既に、お前たちのことが嫌いだ」

「そうかよ!!　俺たちもテイマーは嫌いだ!!」

「テイマーを見ているると、虫唾が走るんだよ!!」

「ノコノコとやってきやがって!!　ブッ殺してやるよ!!」

脳筋バカ共め。こういう連中が、俺は嫌いだ。

「物事の価値基準が違うみたいだな。テイマーの話題を出した冒険者を、次から次へと襲うなんて賊《ぞく》のすることだ」

そう呟き、俺は3匹を召喚した。懐から【黒竜の牙】も取り出す。

「気ッ色悪ィドラゴンだな!!」

「獰猛すぎるウルフだな!!」

「普通のスライムなんて、ナメてんのかよ!!」

「ゴチャゴチャ言うな。俺を殺したいんだろ?」

周りの冒険者が集まってくるが、好都合だ。不遇職と冷遇されているテイマーの認識を、ここで覆してやろう。テイマーだって、ちゃんと戦えるということを披露してやる。

◆

結論から述べると、コイツらはなんてことなかった。

ララの【噛みつき】により、地面に転がされる屈強な男A。リリの【突進】により、壁まで吹き飛び気絶する屈強な男B。ルルの【ニードル】により、腹を貫通されて悶絶する屈強な男C。

俺たちは――圧勝した。

「す、スゲェ……テトたちを一瞬で!!」

「あのテイマー……まさか、最近話題の合体テイマーか!?」

「いや、でも……合体テイマーだとしても、テトたちを一瞬で倒せるかよ!!」

「アイツ……どこであんな魔物を手に入れたんだ？　あんな魔物、見たことないぞ!?」

「……謎が多いな。多すぎるぜ、アイツ……」

周りの冒険者が俺のことを考察しているが、今はどうでもいい。それよりも――

「……お前ら、本当にB級か？」

「ぐッ、このドラゴン……俺よりもパワーが強いだと……!?」

「……」

「ぐ、あ、は、腹が……!!」

この程度でB級になれるのならば、この世にいる冒険者は全員がB級になれるだろう。……違和感を抱く。不信感を抱く。

「冒険者カードを見せてもらうぞ」

気絶しているヤツから、冒険者カードを拝借する。そして注意深く、そのカードを見ると――

「……ん？　もしかしてこれ……やっぱりそうだ」

冒険者カードの表面をゴシゴシと手で拭ってみる。するとメッキが剥がれたかのように、冒険者カードの表面にヒビが入った。ヒビからペリペリと剥がし、その下にある本物の冒険者カードを確認する。

「……やっぱりそうか。お前たち、冒険者カードの偽装を行っていたんだな」

冒険者カードの偽装は、れっきとした犯罪だ。バレてしまった場合、5年以下の懲役又は金貨10枚以下の罰金と定められている。

「ハ、ハァ!? 偽装！！？」

「マジかよ……俺よりも下じゃねェか。俺、アイツらにカツアゲされたぞ」

「俺も……。なんだよ、俺たちよりも弱いんじゃねェかよ!!」

「アイツ……マジで許さねェ!!」

コイツらに騙された冒険者は、多く存在するようだ。偽装するような軟弱な連中に、これまで脅されてきたんだからな。俺とコイツたちの戦いが終わった後、彼らの私刑が始まるだろう。あぁ、おっかないな。

「どうりでおかしいと思ったんだよ。その実力、B級にしてはあまりにも弱すぎるからな。なぁ、E級のテト共」

「て、テメェ!! よくも俺たちの秘密を!! あ、あと!! このドラゴンを離させろ!!」

「見栄を張ってB級だと偽装して、得た地位はどうだった？ 快感だったか？ 幸福だったか？」

「だ、黙れ!! クソテイマーが!!」

「口だけは強いが、実力は弱いんだろ？」

【黒竜の牙】の刃先を、屈強な男Aの頬に軽く当てる。するとAの頬は、徐々に腐りだした。

「ん？　あぁ!!　頬が痛ぇ!?」

「本当にくだらない連中だな。ララ、腹を殴れ」

ドラァ!!　という元気な叫びとともに、ララは思い切りAの腹を殴った。貫通はしていないところから、頑強さだけはB級相当なのだろうと推測できる。

そのままAは気絶した。

「痛ぇ……クソ、血がドンドン出てきやがる……」

「よし、次はコイツだ」

「ドラァ!!」

「ゴフッ!!」

またしても腹を殴るララ。屈強な男Cは無事に気絶。

「……ふぅ」

ため息を零すと、周りの冒険者の歓声が聞こえた。

「スゲェ!!」

「テイマーって、こんなに強いのかよ!!」

「いくら偽装していたE級とはいえ、圧勝するなんて思わなかったぜ!!」

「マジで何者だよ!!　ア・ル・ガ!!」

「さすがだぜ!!　ア・ル・ガ!!　凄すぎるぜ!!」

「ア・ル・ガ!!」

「ア・ル・ガ!!」

気分は悪くない。

俺の名前でコールが叫ばれるなんて、これまでの人生経験ではなかったからな。それにここまで称賛されたことも、一度もなかった。

「スゴい!! スゴいよアルガさん!!」

と、感極まる冒険者の中から、ひとりの女性がスッと前に出た。腰まで伸びた漆黒の髪、透き通る湖のように蒼い瞳。年齢は18歳くらいだろうか。身長は160センチほどだろう。漆黒のコート越しのシルエットは、華奢《きゃしゃ》な印象だ。

漆黒のコートを押し上げる胸部《おっぱい》は俺が出会ってきた女性の中で一番大きいかもしれない。当然のように顔も整っている。こちらも俺が出会ってきた女性の中で、一番だと思わせられる。

誰だ、この美人は。

昔に美人に騙されたことがあるから、俺は美人を見ると訝しむ癖《いぶか》があるのだ。少なくとも、俺の知り合いにはこんな女性はいない。……もしや美人局《つつもたせ》か？ 話題になった俺のことを騙そうと、そういう魂胆《こんたん》か？

「あ、ごめんね。自己紹介が遅れたね」

ニッコリと微笑み、美人は自己紹介を始める。

「私の名前はシセル・ル・セルシエルだよ。唐突だけどアルガさん、あなたとパーティを組みたくてここまで来ちゃった」

人類最強の女性は、そう告げた。

◆

シセル・ル・セルシエル。

世間常識に疎《うと》い俺でも、彼女の話は聞いたことがある。

曰く、〝人類最強〟らしいということを。

曰く、世界を7日で滅ぼせる悪竜を、一太刀《ひとたち》で屠ったという噂。

曰く、3000万年の眠りから目覚めた魔王を、二太刀で倒したという逸話。

曰く、宇宙《ソラ》より飛来した邪神を、三太刀で封印したという伝説。

曰く……と、その他にも数々の伝説を残している。

彼女は生ける伝説だ。

おとぎ話でも神話の中でも、彼女ほどの強者は存在しない。これまでの歴史もこれからの未来にも、彼女ほどの強者は現れないだろう。と、語られていたことが、妙に印象的だった。

彼女はそのブッ飛んだ強さ故に、その存在を疑問視されていた。王国がでっち上げた、架空の英雄だという話が流れるほどに。陰謀論者でなくとも、国民の半分はその存在を怪しんでいたほどだったのだ。現に俺も、そのひとりなのだから。

「えっと……本当にシセルさん……ですか？」

「うん、そうだよ？　驚いた？　人類最強が、こんなところに現れたんだもんね、そりゃ驚くよね」

「驚く……というより、ごめんなさい。正直、怪しんでいます」

「あ～……、そりゃそうだよね。人類最強を名乗る、ヤバい女が現れたと思っちゃうよね」

「……ごめんなさい」

「ううん、キミは悪くないよ。そうだね……」

シエルと名乗る女性は、腰の鞘から一振りの剣を抜いた。それは刀身が漆黒に染まっており、サーベルのような片刃だった。ただしサーベルのように刀身は分厚くなく、かといってレイピアほど細くもない。その中間に位置するような、細剣だ。俺も詳しくはないが、東洋の〝カタナ〟がこんな形をしていると聞いたことがある。

見た目は美しい剣だが、放つオーラは禍々《まがまが》しい。鞘から抜かれただけで、ギルド内の空気が重苦しくなる。その剣を見ているだけで、気分が悪くなる。鳥肌が立つ。

「……魔剣、ですか？」

「うん。この剣は【神骸刃】っていう剣だよ。邪神の骨から作り出された、この世に一振りしかない貴重な剣なんだ」

「なんというか……禍々しい剣ですね。見ているだけで、気分が重くなります……」

その感想を抱いているのは、俺だけではないようだ。先ほどまであれだけ騒いでいた冒険者たちが、皆一様にして口を噤《つぐ》んでいる。ある者は顔面蒼白となり、ある者は口元を両手で押さえる。あ、ひとり吐いた。屈強な冒険者たちでさえも、その魔剣の邪気には抗えないようだ。

「あはは、ごめんね。それで……どうかな？　信じてくれたかな？　かな？」

「えぇ……そうですね。そんな剣、見たことありませんし……まだ疑念は拭いきれませんけれど、多分あなたはシセルさんなのでしょうね」

「あ、そうか。最初からこれを見せればよかったんだ」

シセルさんは胸の谷間から、冒険者カードを取り出す。おいおい、どこに隠してんだよ。

「ほら、これを見て!!」

渡された冒険者カードを手に取り、記載されている内容を確認する。

……ほのかに湿っており、温かい。

【名　前】：シセル・ル・セルシエル
【年　齢】：18
【種　族】：人間
【等　級】：ＳＳＳ
【職　業】：隼剣士・聖騎士《パラディン》・闇魔法師
【レベル】：測定不能
【生命力】：測定不能
【魔　力】：測定不能

【攻撃力】：測定不能
【防御力】：測定不能
【敏捷力】：測定不能
【汎用スキル】：測定不能
【特殊スキル】：測定不能
【固有スキル】：測定不能
【魔法スキル】：測定不能
【職業スキル】：測定不能

「えぇ……」

記載された内容が意味不明すぎて、ドン引きしてしまう。ほとんどの内容が『測定不能』じゃないか。確認したところ偽装もしていない様子だし、彼女はどれだけ強いんだよ。

さらに言うと、職業が3つもある。

どれも聞いたことがないが、これは俺が世間知らずなだけなのだろうか。それとも俺の『配合術師』のように、まったく未知の職業なのだろうか。3つの職業……仮に『3つ目の職業《サード・ジョブ》』持ちと呼ぶことにするが、職業を3つも所持しているのだから、当然ながら3つの職業の恩恵を受け取れるのか。

何もかもが規格外で、意味不明。そんな理解しがたい強さを誇る彼女は、ニッコリと微笑んで俺を見つめていた。

「それで、どうかな？」

「どう……っていうのは？」

「もう！　忘れたの？　私とパーティを組んでくれないかっていう、話だよ！」

プクッと頬を膨らませる彼女。かわいらしい。……じゃなくて。

「いや、でも……なんで俺なんかとパーティを組みたいんですか？　俺、ただのE級ですよ？」

SSS級の彼女が俺とパーティを組む理由が、まるで理解できない。なんだ、やはり美人局か？

美人で強い彼女が俺を求める理由なんて、それくらいしか考えられない。

「アルガさんって、2匹の魔物を合体できるんでしょ？」

「まぁ、そうですね。正確には合体ではなく、配合ですけど」

「それで合体……いや、配合した魔物って元の魔物よりも強くなるんでしょ？」

「そうですね。概ねその通りです」

「やっぱり!!　噂は本当だったんだ!!」

ぴょんぴょんとその場で跳ねる彼女。かわいい。……じゃなくて。

「ごめんなさい、話が見えてこないです」

「あ、ごめんね！　そうだよね、最初から話さないと意味不明だよね」

そうして彼女は少し、短い深呼吸をした。

「えっとね、私が人類最強だってことは知っているよね？」

「ええ、有名ですからね」

「私はね、生まれたときから人類最強だったんだ。生まれたときから既に、今と同じようにステータスのほとんどが解析できなかった」

「それは……スゴいですね。憧れます」

「……ううん、これは悲劇だよ」

そう語る彼女の表情は、深く暗い。

「だって、退屈なんだよ。誰も彼も、親でさえも私には敵わない。スリリングな体験も、心躍るような危機感も私には無縁なんだ」

「……なるほど」

「目指すべきものが何ひとつなくて、本当に辟易《へきえき》としたよ。既に私が頂点に君臨しているからね」

「そうですね……それはスゴい」

ここまでの話を聞いていて、思ったことは天才にも悩みがあるということだ。どんなに偉大な人物でも、最強と謳われても、ヒトである以上悩みからは逃げられないのだろう。

「私は渇望したんだ、『敗北』の2文字をね。それで世界中を旅して、数々の冒険をしたんだよ」

「その冒険の最中に、悪竜や魔王、邪神を倒したというわけですね」

「邪神から得た情報で、あの広い宇宙には、あの邪神よりも強い存在がごまんといることが知れたんだ。だけど残念なことに、この世界の技術では宇宙を自由に航海なんてできない。私よりも強いかもしれない存在がいることを知っているのに、出会えないなんて……。そのとき、私は深く絶望したよ」

「それは……残念ですね」

「さらに冒険を重ねている最中に、アルガさんのことを知ったんだ。魔物を配合して、最強の魔物を作ることができるキミのことをね」

「……なるほど、話が見えてきました」

つまり彼女は、俺が配合の果てに作り出した魔物に、敗れ去りたいのだ。最強に生まれてしまった彼女故の、望みを叶えたいのだろう。

「うん、そう!! 私はキミの魔物に負けたいんだ!! 敗北を知りたいんだ!!」

「変わった悩み……。いや、最強になるとそう思うようになるのか？」

「それでどうかな？ 私とパーティを組んでくれる？」

シセルさんは手を出し、握手を求めてきた。俺はその手を――握らない。

「……少し、条件があります」

「何かな!! なんでも聞くよ!!」

「1週間後、俺と戦ってください」

「……え？」

シセルさんは困惑に満ちた表情をしている。

「俺は弱いです。レベルも11しかありません。とてもシセルさんの隣に立てるような器ではありません」

「そんな!! そんなこと気にしないよ!!」

「ですけれど、1週間。この1週間で、見違えるほど強くなってみせます」

「……考えはあるんだね。それがキミの望みなんだね」

「はい」

今のままシセルさんの隣に立っても、『シセルさんの腰巾着』だと揶揄《ふさわ》されることは目に見えている。だったら、今よりも強く……もっと強くなって、シセルさんの隣に相応しい男になってみせる。

その算段は既に考えている。

「……わかった。キミがそれを望むなら、私は受けて立つよ」

「1週間後、この街の中心にあるコロッセオでお待ちしています」

周りの冒険者にも聞こえただろうし、1週間で広めてくれるはずだ。そして1週間後、俺の勇姿を見届けてくれる人が大勢集まってくれるだろう。

1週間、短い時間だが十分だ。配合とレベルアップを行って、今よりもずっと強くなってみせる。

◆

「お待たせしました。待ちましたか?」

「ううん、今来たとこだよ」

1週間後、俺は約束通りコロッセオにやってきた。ざっと見渡すと、数千人以上の観客がいる。つまり……数千人以上の証人が、俺が腰巾着にならないことを証明してくれるというわけだ。

コロッセオには既にシセルさんがいた。以前と変わらずニッコリと微笑んでおり、まるで女神のようだ。だが笑顔とは対照的に、禍々しいカタナ【神骸刃】を抜刀している。どうやら……本気らしい。

「アルガさん、強くなったね。1週間前とは見違えたよ」

「へぇ……【鑑定眼】持ちですか？」

「ううん。でも、見たらわかるよ」

「それはつまり……本気で戦ってくれるということですね？」

「もちろん!!　さぁ……お話は十分だよね？」

お互いに構える。

ついに……シセルさんと戦えるのか。嬉しさ半分、怖さ半分といったところだな。

1週間で100以上レベルを上げたが、それでも尚……シセルさんには届きそうにない。ステータスも大幅に上昇し、スキルも多く得たというのに。勝てる気がまるでしない。絶望感がヒシヒシと腹を撫でる。

だけど……引くわけにはいかない。ここで逃げてしまえば、また揶揄される。

シセルさんがいなければ、何もできないと言われてしまう。だからこそ……俺は立ち向かうのだ。

逃げずに、頑張って。

「行きますよ!!」

「うん!!　おいで!!」

◆

剣戟《けんげき》。剣戟。剣戟。

ガギンガギン、キンキンキンと。火花を散らしながら、刃がぶつかり合う。凄まじい速度で短剣を振り回す俺と、それと同等の速度でカタナで防御するシセルさん。

「キミは本当にスゴいね!! まさか私にここまでついてこられるなんて!!」

「ははッ……鍛えましたからね!!」

「私が2歳の頃と同じくらいの強さだよ!!」

「それは……ショックです!!」

俺もかなり強くなったというのに、シセルさんが2歳の頃と同じ強さなのか。つまり……今のシセルさんは、いったいどれくらい強いというのだろうか。……考えただけで、萎えてくるな。

対峙してわかったが、シセルさんは……桁違いだ。並外れている。この世の理《ことわり》からひとり離れた場所にいるような、既に生命体としての強さを超越してしまったような。そんな強さだ。俺も人間を辞めた身だが、少なくとも生命体は辞めていない。

……勝ち目はないのだろうな。

「だからといって、諦める気はないですけれどね!!」

「なんの話!?」

「この戦い、勝ってみせるって話ですよ!!」

「それは!!　期待しているね!!」

強がってみたが、まるで勝ち筋が見えない。巨大な壁に立ち塞がったような、絶望感だ。とりあえず攻撃しながら策を練っているが……さて、どうしたものか。

「おいおい！　あのテイマー、人類最強と互角に渡り合っているぜ!!」

「互角、いやむしろ押してるんじゃねェか!?　あの女、防戦一方だぞ!!」

「人類最強を相手にして、既に5分は戦い続けているぞ!!　邪神との戦いですら10秒で終わったらしいのに!!」

「あのテイマー……何者だよ!!」

「アイツ……ただの追放テイマーじゃねェのかよ!!」

互角、押している……そうか、コイツらの目にはそう映っているのか。なんというか、ありがたいな。これでシセルさんとパーティを組んでも、俺を腰巾着だと揶揄する者はいないだろう。

この時点で俺の目的は、既に達成された。

シセルさんは防戦一方なのではない。わざと防御に徹しているだけなのだ。俺の実力を図るため、彼女は攻撃をしない。彼女は最強故に、一度でも攻撃してしまえば、俺が壊れてしまうと知っているからな。

「ハッ!!」

俺はシセルさんから距離を取った。シセルさんからの追撃は当然ない。

「何か思いついたの？」

「いいえ。ただあのままだと、大事な武器を壊してしまうのでね」

「へぇ、賢明だね！」

邪神の骨から造られたカタナ、『神骸刃』。

黒竜の牙から造られた短剣、『黒竜の牙』。

どちらも素晴らしい逸材だが、耐久性と攻撃力には雲泥《うんでい》の差がある。さすがに神の骨が相手では、いかに黒竜の牙でも心許ない。ぶつけ合っていれば、壊れてしまうのはこちら側だ。

だからこそ、俺は引いた。大切な武器を、ダメージソースを、失うわけにはいかないからな。

「そういえばキミ、テイマーなのに魔物は使わないんだね？」

「……殺されたら、元も子もないですからね」

「そんなひどいことしないよ⁉」

「事故もありますから。この戦いでは魔物は出しませんよ」

「そうか……残念だなぁ」

今言ったことはウソだ。俺は普通に魔物を使うつもりだ。ただそのタイミングを、探っているだけだ。最善のタイミングで、最良の動きをするために。あわよくば、勝利をもぎ取るために。

「……行きます!!」

シセルさんに向かって、駆け出す。

一歩、また一歩とシセルさんに近づく。

「うん！　楽しませてね!!」

あと一歩でシセルさんに攻撃できる、という距離まで近づき――

「――行け！」

――俺は〝仲間〟を召喚した。

「キドラァ!!」

「ガルゥ!!」

「ピキー!!」

突如として召喚された、3匹の魔物たち。

シセルさんの表情は、驚愕そのものだ。

「召喚しないって言ったじゃん!!　ウソはダメだよ!!」

シセルさんが驚いている間に、俺はシセルさんの背後に回る。魔物たちは囮《おとり》だ。シセルさんの注意を引くために、召喚したのだ。

真の目的は、俺が不意打ちをすること。如何に最強とはいえ、死角から攻撃されればダメージは入るだろう。

「でも……発想は素晴らしいよ!!」

背後に回り、短剣を首元に突きつけようとした瞬間――〝何か〟が起きた。

「キドラァ……ッ!?」

「ガルゥ……ッ!?」

「ピキー……ッ!?」

シセルさんの肩越しに見えたのは、吹き飛ばされる3匹の姿。幸い、死んではいない様子だ。お前たちの犠牲は無駄にはしない。このまま、短剣を突き刺して――

「はい、私の勝ちだね」

刹那、目の前のシセルさんが消えた。俺の首筋に感じる、冷たい感触。

後ろから聞こえてきた、シセルさんの声。それら全てによって、現状を理解させられる。

「残像……ですか」

「正解♪　よくわかったね！」

シセルさんは残像ができるほどの速度で、俺の背後に回り込んだのだ。そして今、背後から刃物を首筋に当てている、と。俺がしたかったことを、彼女は俺にしているわけだ。

「3匹が吹き飛んだ理由を聞いてもいいですか？」

「？　普通にデコピンをしただけだよ？」

デコピン……？　デコピンだと!?

俺の魔物たちは……たかがデコピン如きにやられたのか!?

驚愕を通り越して……呆れるな。

「……負けを認めます」

「やった！　じゃあ、パーティを組んでくれるかな？」

「喜んで」

シセルさんの方を振り向き、手を出す。

「これからよろしくね!!」

シセルさんはギュッと、俺の手を握ってきた。……少し痛い。

「スゴかったぜ、アルガ!!」

「人類最強に対して、ここまでやれるなんて!? 思いもしなかったぜ!!」

「テイマー……もしかして、認識を改める必要があるかもな」

「もしかしたら、テイマーって……不遇職じゃないかもな。むしろ……最強職かもしれないな」

「何はともあれ、素晴らしい試合を見せてくれてありがとう!!」

「ア・ル・ガ!!」「ア・ル・ガ!!」

「ア・ル・ガ!!」「ア・ル・ガ!!」

「ア・ル・ガ!!」「ア・ル・ガ!!」

繰り返される、俺の名前のコール。

テイマーの強さについて考え直してくれる人も、どうやらいるようだ。これで俺のことを、腰巾着だと揶揄する人はいなくなっただろう。……この戦い、本当に価値のあるものだったな。

◆

2日後、俺とシセルさんは迷宮にいた。

「私がどんな戦い方をするか、知りたいんだよね？」

「そうです。シセルさんが強いことは知っていますが、どんな戦い方をするか一度見ておいた方が今後のためになりますからね」

「えへへ！　がんばっちゃうよ!!」

かわいらしい。仕草や容姿だけなら、普通の18歳の少女にしか見えないんだけどな。

「お、さっそく現れたね」

シセルさんの視線の先には、5匹の魔物。

『ゴブリン・ロード』×3　『ハイ・ワーム』×2
そのどちらもが、A級に相当する強力な魔物だ。

「お願いします」

「いいよ。でも――」

瞬きをする瞬間、シセルさんがブレた。

瞬きを終えると、5匹の魔物が血を流して倒れていた。

俺が瞬きをする間に、シセルさんは全ての魔物を倒した。その事実は理解できるが、とても受け入れがたい。こんなこと人間業じゃない。

「……え」

「この程度の迷宮じゃ、私の真の実力は測れないよ？」

「この程度って……一応、ここA級の迷宮ですよ？」

「たかがA級だよね？　私の真の実力を発揮するには、せめてS級は必要だよ」

「でも……S級は俺のランクだと、シセルさんに同行しても挑めませんよ」

S級以上の迷宮に挑むには、S級以上のランクに到達している必要がある。たとえSSS級の同行であっても、例外は認められていない。仮に荷物持ちの役であっても、絶対にS級である必要があるのだ。

「なら明日、昇格試験を受けにいかない？」

「昇格試験……ですか」

「うん！　私の推薦だったら、一気にSSS級になれるよ!!」

E級からSSS級へ。それは素晴らしく夢のある話だ。だが――叶えられるとは思えない。

「大丈夫ですか？　俺……本当にSSS級になれますか？」

昇格試験には苦い思い出がある。カナトたちと組んでいた頃、俺だけが昇格できなかった。皆はどんどんランクを上げていくのに、俺だけが万年E級だったのだ。

あの頃の悔しい思いが、昇格試験へ行くのを鈍らせる。

ステータスが上がった今でも、不安を募らせる。

「大丈夫だよ！　アルガくんは強いから！」

「そう……ですか」

不安は相変わらず消えないが、彼女が言うのだから……信じてみるか。

◆

その後もシセルさんの無双は続いた。

現れる敵を文字通り瞬殺するため、どんな戦い方をするのか参考にすることができない。モンスターハウスに足を踏み入れたときでも、50匹以上の魔物を瞬殺するほどなのだから。

そんな調子でシセルさんは、あっという間に迷宮を攻略した。最深部のボスでさえも、瞬殺だった。

「どうだった？　私の戦いは？」

「全く……見えなかったです」

瞬きの間に敵を殺すのだから、見えるハズがない。

「そっか……まぁ、この迷宮の敵は弱いからね！」

「一応、A級なんですけどね」

A級を弱いと言ってのけるなんて、彼女はどれだけ強いんだ。なんというか……本当に規格外だな。

「ドロップアイテムも微妙だし、今日は帰ろうか？」

「そうですね」

俺たちは帰還した。ちなみに、この迷宮の攻略時間は20分だった。

◆

数時間後、俺たちはギルドの地下訓練所にいた。シセルさんの推薦により、俺の昇格試験をすぐに行うことになったのだ。

「おいおい！　本当にこのデクの棒が、シセルの推薦かよ!!」

階段を下ってやってきたのは、ガラの悪い男。身長は180センチほど、大剣を装備している。ちなみに何故か半裸だ。

……見覚えのある容姿だ。確実に初対面なんだがな。

「ハァ……。ラジハ様、汚い御言葉を使わないでください」

彼と共にやってきたのは、ひとりの巨漢。

見覚えがある。確か彼は――

「お久しぶりです、アルガ様。その……見違えるほど、成長なさりましたね」

「お久しぶりです、ギルドマスター」

ギルドマスター、ネミラス。

以前は見上げるほどの巨漢だったが、今では俺より少し高いくらいの身長差だ。今回の昇格試験、彼が立ち会いをするのか。

「それにしても……驚きましたよ。まさか、たった数か月でSSS級に挑戦なさるなんて」

「あはは、自分でも驚きです」

「思い出話に花を咲かせるな!!」

ネミラスさんと他愛もない話をしているのに、邪魔をしてくるガラの悪い男。ガラが悪いだけではなく、空気も読めないのか。

「ネミラスさん、彼は？」

「今回アルガ様と戦う試験官、ラジハです」

「ちなみに彼もSSS級だよ。弱いけどね」

「お前が異常なんだよ!!」

シセルさんの〝弱い〟は参考にならない。

品性こそ低いが、仮にもSSS級だ。相当な実力者であることは確かだろう。

「では、向かい合ってください」

ネミラスさんに従い、ラジハ試験官と向かい合う。うーむ、やはり見覚えのある顔立ち……あ、思い出した。

「お前、ラズルってヤツが知り合いにいないか？」

こいつは数か月前に俺に絡んできた、B級冒険者のラズルによく似ている。顔立ちや体型、身長など瓜二つだ。彼も半裸だったから、彼の血族は半裸にならなければならない掟でもあるのだろうか。

「テメェには恨みがあるぜ！　よくも兄ちゃんをボコりやがって!!」

「あぁ、やっぱりそうだ。あのザコは元気か？」

「兄ちゃんをバカにするな！　兄ちゃんは……テメェに敗れてから病んでいるんだよ!!　ずっと引きこもっている!!」

「自業自得だな」

「テメェだけは……殺してやる‼」

ラジハが構える。なんだ、合図も無しに開幕か？

「勝手に始めないでください。ルールを説明しますね」

と、落ち着いた口調で説明を始めるネミラスさん。ガラの悪い猿の躾は大変だな。

「ルールは簡単――」

「先手必勝‼　死ねェエエエエエ‼」

ネミラスさんの説明を遮り、ラジハは大剣を手にして駆けてきた。……だが。

「……？」

遅い。スピードが、速度が、限りなく遅い。ノロノロタラタラと、ドスドスノスノスと。あまりにもゆっくりな速度で、ラジハは駆けてきた。

「……あぁ、なるほど。これが試験か」

あえて舐めた速度で襲うことで、俺の対応力を見ているというわけか。口調や態度こそ褒められたものではないが、試験官としては一流のようだな。

熟考して対策を練るのも一興。

何も考えず、正面からぶつかるのも一興。どういう選択をするか、猶予を与えてくれているのか。

「俺は――正面からぶつかる‼」

以前から試してみたかったんだ。

シセルさん以外のＳＳＳ級を相手に、俺がどこまで通用するのか。格上との戦いにおいて、俺がどこまで戦えるのか。今の俺がどれほど強くなれたのかを、試してみたかった。

仮に愚直に戦うことが不正解で、ラジハがなんらかの策を講じていても構わない。今の俺は策に溺れてしまう、軟弱者であることを知れるからな。

むしろ、これはチャンスだ。

弱点を、改善点を、知ることができるのだから。己の弱みを、知ることができるのだから。品性こそ死んでいるが、ラジハには感謝をしたい。この戦いが終われば、ありがとうと伝えよう。

「ハァッ!!」

短剣を片手に駆ける。

ラジハの動きは……依然として、変わらず遅い。若干表情に変化が見られるが、誤差の範囲だ。

そのままラジハの懐に潜り込み、腹に一閃。ついでに発勁も与える。ラジハの動きは……ゆっくりと吹き飛ばされている。苦悩の表情を浮かべているが、これは罠に違いないな。

鮮血と臓物を撒き散らし、吹き飛ぶラジハ。聡明な俺には、これが罠であることはお見通しだ。勝利を確信して慢心した途端、俺に襲いかかってくる算段なのだろう。

SSS級がそんな簡単に死ぬわけないのだから、これは罠に違いないのだ。

「フゥ……」

ここまで0・01秒。

当然ながら俺はまだ合格していないので、最後の追い討ちをかける必要がある。相手はSSS級だ。殺すつもりで相手をしなければ、この試験には落ちてしまうだろう。

「ハッ――」

短剣を片手に、攻撃を仕掛ける。狙うは首筋――

「――そこまで!!」

そのとき、終了の合図が響いた。何故だ、何故こんな中途半端なところで!?

まさか……落ちたのか!? 何か致命的なミスを犯したのか!?

「……アルガさん」

「ね、ネミラスさん……お、俺は……落ちたのですか!?」

「いえ、合格です。ですが……やり過ぎです」

や、やり過ぎ? だが、合格?

理解が追いつかない。

「試験の内容は至ってシンプルで、『試験官を倒すこと』です。今回はラジハが説明を省き、アルガさんに攻撃を仕掛けましたが……結果は見ての通り惨敗です」

「惨敗って、彼はワザと敗北を演じていただけですよ? 品性こそ死んでいますけど、試験官としては立派でしたよ?」

「……彼は最初からアナタを殺害するつもりでした。そのために不意打ちという卑怯な手を使い、ルールを説明することも省いたのです」

「え？」

「端的に述べますと、彼に圧倒できたのは純粋にアルガ様の実力です。彼が策を練り、敗北を演じたわけではありません」

「つ、つまり……え？」

「アルガ様の圧勝です。その上で言わせていただきますが、やり過ぎです」

改めて壁にめり込んだラジハ試験官を見ると、凄惨な姿になっていた。

血が流れすぎたのか、肌は土気色に変色。臓物を失った影響か、生気を感じない。傷口から徐々に腐敗しており、死を迎えるまで残りわずか。

「いや、でも……アイツはＳＳＳ級で……これも罠なんじゃないですか？」

「いいえ、アルガ様の圧勝です。アルガ様、あなたは……ＳＳＳ級を圧倒できるほどに、強くなられたのです」

「は、はぁ……」

実感は薄い。

憧れだったＳＳＳ級の冒険者を、こうも呆気なく倒せてしまうとは。正直、いまだに信じられない。

「強くなられたことは賞賛しますが、少しは……自重してください」

「……はい」

◆

その後、俺は冒険者カードを更新した。

更新したカードには、虹色に輝く『ＳＳＳ』の文字が記載されていた。

「ね？　アルガくんなら、ＳＳＳ級になれるって言ったでしょう？」

「えぇ、意外と呆気なかったですね」

「そんなもんだよ。それよりも戦闘中に、ラジハの動きが遅くなったよね？」

「えぇ。最初は試験の一環だと思ったのですが、どうやらそうじゃなかったみたいです」

「それは強くなった証だよ。一流の戦士はみんな戦闘モードに入ると、周りの動きが遅くなるように感じるみたいなんだ」

「そうなんですね。……そうか、俺は強くなったのか」

他愛もない会話を続けていると——

「アルガ!!」

どこからともなく、俺を呼ぶ声。

そして、どこからともなく、スライディング土下座をする男女共が現れた。

「助けてくれ!!」

そう告げる男は——忌々しいカナトだ。

◆

【サンズ視点】

失敗したっス。

ボクたちは何もかも、失敗したっス。

テイマーもいないのにSS級の迷宮に挑んだことも、チキン戦法で最深部まで降りてしまったことも。何より……そのままボスに挑んだことが大失敗だったっス。

「クソッ……どうしてだ!!」

「何よアイツ……強すぎるわよ!!」

「とても……歯が立ちませんね……」

ボスの魔物に一撃も与えられず、ボクたちは惨敗してしまったっス。

失念していたんスよ。チキン戦法で道中のザコは素通りできても、ボスとは絶対に戦わないといけないということを。ボスを無視することなんて、できないということを。

『帰還石』を使えば逃げられるっスけど、どう考えてもそれをボスが許してくれるとは思えないっス。絶望するボクたちをニタニタと嘲笑うかのように、ボスの赤い瞳が睨んでいるっスから。とてもじゃないけれど、逃げるような隙は与えてくれないっス。

「俺たちは……ここで死ぬのか」

「諦めないでよ!! 私たちは必ず勝利して、SS級に昇格するんでしょ!!」

「そうですよ!! この迷宮を攻略して、間違っていなかったことを証明するんですよね!!」

「あぁ……その通りだ!!」

若い彼らはまだ、現状を理解していないようっスね。29にもなると……嫌というほど、周りが見えてしまうっス。アラサーのボクには現状に希望が皆無なことが、嫌というほど見えてしまうっスよ。

「でも……ボクだってまだ、生きたいっス。結婚もまだしていないっスからね」

現状を救う手段がひとつだけあることに、気付いてしまったっス。本当は彼らも気付いているかもしれないっスけれど、そのことに目を逸らしているのかもしれないっスね。……決断をするのはリーダーのカナトではなく、年長者のボクがした方が良さそうっス。

「ラトネ」

「ん、何よサンズ」

「……さようならっス」

ボクはラトネの腕を掴み、思い切り放り投げたっス。ボスに向かって、思いっ切り。

「サ、サンズ!!　アンタ!!」

ラトネが何かを叫んでいるっスけれど、今は無視するっス。

「サ、サンズ!?　いったい、何をしているんだ!!」

「今のうちに逃げるっスよ!!　ボスがラトネに注目している間に、さっさとズラかるっス!!」

「……そうですね、それが英断かもしれません」

「で、でも……それだとラトネが……」

「大丈夫っス、後で助けにくればいいんスから!!　今はボクたちの身の安全を図るべきっス!!」

「そうですよ。ラトネは案外、強いですから大丈夫です」

「……わかった」

良かった、これで生き延びられるっス。

ラトネには悪いことをしたっスけれど、まぁ……仕方ないっスよね。ボクがアラサーだということを知っていて、当てつけのようにカナトとイチャイチャしているんスから。

そうっス、昔から腹が立つんスよ。

無い胸を押し付けて、若さに頼った色仕掛けをして。まるで……若さの足りないボクを、愚弄するかのような態度が腹立つんスよ。だからこれは……自業自得なんスよ!!

「ラトネ……あとで迎えに行くよ!!」

かわいそうな女っスね。

あれだけカナトに媚を売っておいて、結末はこうなってしまうなんて。仮にボクたちが助けにきたとしても、その頃にはとっくに死んでいるのにっス。哀れで惨めで、若さだけが取り柄だとこうなってしまうんスね。

カナトが使用した帰還石の影響で、光を放ち消えていくボクたち。そんなボクが最後に見たものは、憤怒の表情でこちらを睨みつけるラトネの姿だったっス。

第四章 × 救済の配合術師

「――――なるほど、ラトネを捨てたのか」

カナト共から何が起きたのか、説明を受けた。要はラトネを犠牲にして、自分たちだけノコノコと帰還したというわけだな。

「違う！　俺たちは――」

「顔を上げるな、土下座のままでぃろ。仲間を追放するような連中の言い訳なんて、聞きたくないんだが？」

「それは……お前を追放したことと、今回の件は関係ないだろう！」

「そんな態度でいいのか？」

「うっ……悪かったよ。……頼む、ラトネを助けてくれ」

こいつらはボスに敗北し、俺たちに救いを求めてきた。自分たちでは、どうにもできないことを理解しているのだ。既に俺の方が上だと、認めているのだ。

「ボクたちがこんなに頭を下げているんスから、さっさと助けてくださいっスよ!!」

「そうですよ！　慈悲の心は無いのですか!?　私たちもかつては仲間だったじゃないですか!!」

「年増と腹黒聖女は黙ってろ」

「と、年増!?」

「は、腹黒!?」

頭の悪いやつはこれだから嫌いだ。

情に訴えることしか能がない。話を乱し、面倒にする。……だから嫌いなんだ。

「情けないな。テイマーをバカにした分際で、俺の力を求めるなんて」

「……あぁ、俺たちが間違えていた。テイマーは確かに不遇職だが、魔物の知識だけはズバ抜けている。有効活用さえすれば――」

短剣をカナトの手の甲に突き刺す。

「ぐ、ぐぁあああ!!」

「バカにしているのか？　舐めているのか？」

「な、何がだ!?　認めているだろう!?」

「不遇職だの有効活用だの、上から見下してるんじゃねぇよ。俺は既にお前よりも上にいるんだからな」

短剣を手の甲から抜く。

「う、腕が……腐る!?」

「あとで治してもらえ。それよりも、これを見てどう思う？」

先ほど更新した冒険者カードを見せた。

「……………は？」

「え、SSS級……っスか!?」

「あ、あり得ないです‼　そ、そうですよ‼　偽装に決まっていますよ‼」

三者三様の反応。

中でも唖然としているカナトが、一番おもしろい。口をあんぐりと開けて、バカ丸出しだ。

「アルガくん、この人たちはなんなの？　見ていて鬱陶しいんだけど」

「俺を追放した連中ですよ」

「あぁ……例の。見る目がないね」

シセルさんは冷淡に呟いた。

「あ、アルガ……この人は？」

「シセル・ル・セルシエルさんだ。聞いたことくらいあるだろ？」

またしてもカナト共は、三者三様の反応を見せた。

「シ、シ、シセル様⁉」

「あ、あ、あり得ないっスよ‼　う、ウソに決まっているっス‼」

「そ、そうですよ‼　人類最強の御方が、底辺テイマーの仲間になるわけがないですよ‼」

かつての俺しか知らないのであれば、その反応は妥当だろう。だが――

「信じようと信じまいと、そんな反応なら俺は手助けしないぞ？」

本当に腹の立つ連中だな。本能的には俺の方が強いことなど、既に認めているだろうに。

「わ、悪い……。だ、だが……どうしても信じられないな」

「で、どうしてほしいんだよ。信じられないのならば、俺に助けを求めるのはやめるか？」

「い、いや！　……た、頼む。ラトネを救ってくれ。俺たちには……お前の知識が必要なんだ」

カナトの言葉を聞き、俺は2本の指を立てた。

「ふたつ、条件がある」

「な、なんだ？　俺たちにできることなら、なんでも言ってくれ!!」

「ひとつ。ラトネのいる迷宮には、俺とシセルさんのふたりで挑む」

「お、俺たちは――」

「何もせずにジッとしていろ。たかがS級如き、なんの役にも立たない」

「……わかった、ふたつ目はなんだ？」

「ラトネの引き渡しは、ギルド内で行う」

「……？　あ、あぁ。わかった」

「あ、もうひとつ条件を加えてもいいか？」

「な、なんだよ」

俺は右脚を大きく後ろに伸ばし――

「これまでの――仕返しだ」

――カナトの顔面を蹴った。

「がッ……」

「たった一撃で気絶か？　情けないな」

「大丈夫ッスか!?」

バカふたりが俺を糾弾する声を聞きながら、俺たちはその場を去った。

俺の仕返しは、こんなものでは済まない。救うと口では言ったが、ヤツらに……地獄を見せてやる。

ついに、ついに、ついに。千載一遇のチャンスが、舞い降りてきた。

顎を砕かれ失神するカナト、それを心配するバカふたり。

「これで交渉成立だ」

「カ、カナト⁉」

◆

「で、どうして助けるの？」

シセルさんの宿に戻るや否や、シセルさんから質問が飛んできた。まぁ、予想はしていたことだ。

こちらも用意していた答えを提示しよう。

「助けませんよ」

と、俺は答えた。

「え？　どういうこと？」

「ラトネは迷宮で殺す予定です。アイツらにはボスの呪いを受けてこんな姿になったと説明をして、適当な人形を渡しますよ」

「でも……そんなの信じるかな？」

「ラトネとカナトは恋仲です。恋人を失い、極限状態なんですから信じると思いますよ」

「そっか。それにしても……エゲツないこと考えるね」

「引きましたか？」

「ううん。仲間を追放するような下衆《げす》なんだから、相応の罰は受けないとね！」

良かった、シセルさんが理解力のある人で。

「でも、復讐はそれで終わり？　それで満足なの？」

「いいえ。その後にカナトたちの名誉を傷付けます」

「良かった、あんなんじゃ足りないよね」

「えぇ、具体的には――」

「待って！　その先は言わないで！　楽しみは取っておきたいんだ！」

「わかりました。楽しみにしておいてください」

わざわざギルドで引き渡すのには、理由がある。あの場所は常に、冒険者で賑わっているからな。

◆

「さて、迷宮に挑む前に最後の配合を行いますか」

「お、《配合術《ミックス》》ってヤツだね！　楽しみだな！」

3匹を召喚し、配合を行う。

素材に選ぶのは、いつもと同様だ。ララにはメタルカナブンを。リリにはサバトゴートを。ルルにはゴブリンプリーストを。

それぞれを素材とし、配合を行う。

「ピキー!!」

「ガルゥ!!」

「キドラァ!!」

3匹の体が光り輝き、配合が行われる。

……今さらだが、これは〝配合〟と呼んでいいのだろうか。どちらかというと〝融合〟と呼んだ方が正しいと思うのだが。そんなことを考えている間に、3匹の光は晴れた。

「おぉ、スゴい!! ちょっとだけ見た目が変わっているね!!」

「キドラァ!!」

「ガルゥ!!」

「ピキー!!」

「ん? この2匹だけ、また輝きだしたよ!?」

見るとララとリリの体が、またしても光を放っている。これは以前にもあった——

「進化の予兆です!!」

光の中でララとリリのシルエットが、徐々に変わっていく。そして光は晴れ、そこには——

「デドラァ!!」

「ルガァ!!」

大きく変化した2匹がいた。

「デカいし……美しいな」

ララは体が大きくなった。

ヘビを思わせる細長い体は、10メートルを優に越えるだろう。そんな体を滑らかに覆うのは、堅牢な鋼のウロコだ。背中にはコウモリを彷彿させる、大きな翼が生えている。片翼だけで6メートルはあるだろう。長い体には短い脚が4本生えており、ヘビというよりも東洋のドラゴンのようだと形容する方が正しいかもしれない。

実に美しい体とは対照的に、頭部はヒツジの頭蓋骨をそのまま拡大して装着したような不気味な仕上がりとなっている。がらんどうな眼窩の奥には深紅の光が灯っており、いっそう恐怖を掻き立てる。大きく曲がりくねったツノが生えており、禍々しい雰囲気を醸し出している。

美しい胴体と禍々しい頭部。アンバランスのようだが、掛け合わせると意外にもピッタリと合う。

そんな不思議なドラゴンに、ララは進化した。

「デカいし……勇ましいな」

リリも体が大きくなった。

3メートルの巨体になり、四肢と爪牙《そうが》は、より強靭になった。体毛は漆黒のソレから、若干赤みがかかった。頭部からはこれまた立派な、ヒツジのツノが生えた。ララとは違い、頭部がヒツジの頭蓋骨に置換されたわけではなく、ただツノが生えているだけだ。

ララとは違い、容姿の大きな変化は少ない。だがしかし、圧倒的に強くなったことは見てわかる。

「2匹とも……立派になったな」

「デドラァ!!」

「ルガァ!!」

俺に抱きついてくる2匹。

デカくなった分、抱きしめづらい。

「スゴいね!! アルガくん!! 私、こんな魔物初めて見たよ!!」

興奮気味のシセルさん。かわいらしいな。

「そうだ、ステータスを確認しなくちゃな」

【名　前】：ララ
【年　齢】：1
【種　族】：メタル・デーモンドラゴン
【レベル】：1
【生命力】：4989／4989
【魔　力】：5769／5769
【攻撃力】：9867

【防御力】：２７８６５２１
【敏捷力】：１７８４
【汎用スキル】：剣術　Lv６
短剣術　Lv11
体術　Lv８
引っ掻き　Lv68
噛みつき　Lv77
突進　Lv74
【種族スキル】：ドラゴンブレス　Lv62
ドラゴンテール　Lv61
ドラゴンウィング　Lv61
ドラゴンクロー　Lv61
ライトニングタックル　Lv42
ライトニングサンダー　Lv41
ニードル　Lv７
超音波　Lv５
毛棘飛ばし　Lv４
火炎車　Lv６

毒爪　Lv10
メタル化　LvMAX
【固有スキル】：鋼の鱗　LvMAX
【魔法スキル】：《下級の火球《ファイア・ボール》》Lv4

【名　前】：リリ
【年　齢】：1
【種　族】：ヘルビースト
【レベル】：1
【生命力】：10789／10789
【魔　力】：3415／3415
【攻撃力】：16549
【防御力】：9921
【敏捷力】：21114
【汎用スキル】：引っ掻き　Lv98
噛みつき　Lv94

突進　Lv91
嗅覚強化　Lv90
【種族スキル】：肉裂爪　Lv62
電磁防壁　Lv61
ライトニングタックル　Lv61
ライトニングサンダー　Lv60
スパークカッター　Lv55
サンダーブレス　Lv51
ヘルサンダー　Lv50
ヘルブレス　Lv42
ヘルフレイム　Lv42
超音波　Lv6
ニードル　Lv6
毛棘飛ばし　Lv11
火炎車　Lv8
毒爪　Lv20
地獄の遠吠え　Lv44
【固有スキル】：地獄の霹靂神《はたたかみ》

【魔法スキル】：《下級の火球《ファイア・ボール》》Lv3
《下級の闇球《ダーク・ボール》》Lv3

2匹とも以前までとは、まるで比べ物にならないほど強くなった。ステータスも1万を超えるものが出てきて、新たなスキルもいくつも習得できた。

何よりも2匹とも、固有スキルを獲得している。固有スキルとはその名の通り、特定の個体のみが獲得可能なスキルだ。一般的に100万分の一の確率で生まれる個体にしか現れないとされ、とても貴重なスキルとなっている。

俺は2匹が得た固有スキルを確認した。


【鉄の鱗】

強靭なウロコを持つ個体のみが獲得可能なスキル。物理ダメージを20パーセント減少させる。

【地獄の霹靂神《はたたかみ》】

雷に愛された個体のみが獲得可能なスキル。雷属性の攻撃を行う際、消費魔力が半減される。

「両者ともかなり強いスキルだな」

恐らくサバトゴートを配合素材としたことによって、2匹とも雷系の攻撃を覚えたのだろう。サバトゴートは基本的に無属性の魔物だが、ごく稀に雷属性を操る個体が現れる。いちいち配合素材のスキルを確認したりしないから気付かなかったが、知らず知らずの内に雷属性を司るサバトゴートを配合素材にしていたのだろうな。

「ララはメタルカナブン以外にサバトゴートを配合素材にして、どうやら正解だったようだな。メタルカナブンだけだったら、今の姿にはならなかっただろう」

メタルカナブンは防御力は高いが、それ以外の能力が低い。それを補うために何度かサバトゴートを配合素材にしたが、どうやら今回はそれが功を奏したようだ。

「リリはララよりも多くのサバトゴートと配合したから、より雷属性の影響が表れているな。このまま雷属性に特化したアタッカーとして、育てるとしよう」

リリの成長方針も正解だったようだ。

サバトゴートが持つ悪魔系の特徴も顕著に表れており、普通に獣系と配合するだけでは得られなかった強さを獲得できた。

「スゴいねアルガくん!! 私、こんな魔物は見たことがないよ!!」

「これからより一層、強い魔物を見せてあげますよ」

「楽しみにしているね!!」

2匹とも強さはSS級上位。

カナトたちが敗れた『イザルト迷宮』はSS級程度だから、ハッキリ言って余裕で踏破可能だろう。

「さぁ、明日を楽しみに待ちましょう」

そう告げ、俺はシセルさんの宿を後にした。

◆

次の日、俺たちはイザルト迷宮へやってきた。そう、カナトたちが惨敗した迷宮へ。

「こんな迷宮も攻略できないなんて、本当に彼らはアルガくんと一緒にパーティを組んでいたの？」

「えぇ。お恥ずかしながら……」

と、魔物を倒しながら談笑する。

ＳＳ級の迷宮であるが、今の俺の敵ではない。現れる魔物もかつては苦戦しただろうが、今の俺からすれば……あまりにも弱すぎる。

「ブラァアアア!!」

「うるさい!!」

突進してくる『レッドバッファロー』という魔物を、殴り飛ばす。爆散。レッドバッファローは肉塊となった。

レッドバッファローもＳＳ級の魔物で、決して弱くはない。小さな町程度なら壊滅できるほどの力を持つ、強力な魔物だ。

ただ……相手が悪すぎただけだ。

「こんなの準備運動にもならないよ！　こんな迷宮でチキン戦法を行使するなんて、冒険者の才能がないんじゃないのかな？」

「そもそもチキン戦法なんて欠陥戦法を採用するなんて、バカにも程がありますよ。本当に……元パーティメンバーとして恥ずかしいです」

チキン戦法が通用するのは、道中のザコのみ。ボスが相手だと、なんの役にも立たない。そんな基本的なことにも気付けないなんて、あまりにも頭が悪い。バカ中のバカだ。

「でも、ちょっと気になることがあるんだ」

「どうしました？」

「この迷宮のボスは『吸血鬼』なんだけど、彼らの証言と私が知っている吸血鬼像の乖離《かいり》が激しいんだよ」

「あぁ、確かに。それは俺も気になっていました」

彼らの証言だと、

・無力なカナトたちを嘲笑っていた

・ラトネを捧げると、カナトたちを見逃した。

のふたつの特徴を持っていたらしい。

ひとつ目の証言は、吸血鬼の特性に合致している。吸血鬼は知性と誇りが高い魔物だ。他の生物を見下し、蹂躙することを至上の喜びとしている。ランクはＳＳであり、カナトたちが手も足も出なくとも不思議ではない。

だが、ふたつ目の証言が気になる。

吸血鬼は誇り高いため、獲物が逃げることを嫌っている。たとえ帰還石を用いたとしても、魔法で妨害してくるハズだ。生贄を捧げようと、決して見逃してくれない。吸血鬼とはそういう魔物なのだ。

「もしかして何か……そう、突然変異で発生した個体が現れたのかもしれないね」

吸血鬼の突然変異……『吸血姫』や『吸血貴』みたいなことですか？」

吸血鬼の突然変異であり、強化された個体『吸血姫』と『吸血貴』。両者とも並の吸血鬼よりも圧倒的に強く、そして気高い。故に並の吸血鬼よりも、見逃すことを嫌うハズなんだが……。

「一番下まで降りれば、答えが待っているよ」

「えぇ、そうですね」

そんな談笑を交えながら、俺たちは迷宮を降りていった。

◆

あれから数十分、俺たちは最下層に降り立った。目の前には巨大な鉄扉。つまりボス部屋の扉だ。

「この門の奥に、答えが待ち構えているんだね！」

「楽しみですね」

俺は鉄扉を開く。

部屋の内装は絢爛豪華《けんらんごうか》と言う他ない。

壁にはよくわからない絵画が飾られ、床には真っ赤なカーペット。甲冑《かっちゅう》や壺なんかも飾らせている。

だが、煌びやかな部屋さえも曇らせるほど、あまりにも美しい少女がそこにはいた。

「フハハハハッ!! よくぞ来たな!!」

高笑いをしている、ひとりの少女。

肩まで伸びた桃色の髪を靡かせ、真紅の瞳でこちらを見ている。服装は黒をベースとしたゴスロリ、白いリボンの刺繍がチャーミングだ。

身長は150センチほどで、肌は病的なほど白い。服を押し上げる胸部《おっぱい》は、シセルさんに匹敵するほど大きい。当然のように顔も整っている。シセルさんが美人系だとすれば、コイツはかわいい系だ。

見た目だけならば、18歳前後の可憐な少女にしか見えない。だが笑う口元からのぞく、尖った犬歯。それがコイツの正体がバケモノなのだと、そう実感させてくる。

「我が名はレイナ・ラ・ロリルシア!! 偉大なる『吸血姫』のひとりだ!」

と、吸血姫は語った。

「シセルさん、コイツは俺ひとりで対処してもいいですか?」

「うん、構わないよ」

『吸血姫』はSSS級の魔物だ。

強靭な身体能力、膨大な魔力、迅速な再生能力。あらゆる能力が高い。吸血鬼を軽く屠れる冒険者でも、吸血姫には敗れてしまうことも珍しくない。

シセルさんを除けば、これまでに相対してきた敵の中で最強だ。昇格試験のときのラジハでさえも、コイツには敵わないだろう。カナトたちが惨敗したことも、納得だ。だからこそ、俺ひとりで倒すことに意味がある。

「来い」

「デドラァ!!」

「ルガァ!!」

「ピキー!!」

3匹を召喚する。恐れを抱いている様子はなく、気炎万丈《きえんばんじよう》のようだ。

「ほぉ、テイマーか。だが低俗な魔物を使役したところで、我には届かないぞ?」

「試してみるか?」

俺たちは吸血姫に挑んだ。

◆

まるで相手にならない。そんな戦いが、続いた。

「くッ、《赫血の剣《ブラッド・ソード》》!!」

吸血姫が放つ、5本の血の剣。赤黒いソレが、俺に向かって飛んでくる。

「ララ、【ドラゴンブレス】だ」

「デドラァ!!」

ララの口から放たれる、灼熱の火炎。

ソレは血の剣を焼き払い、鉄臭さが鼻腔をくすぐる。

「リリ、【肉裂爪】だ」

「ルガァ!!」

自慢の魔法を焼き払われ、驚き戸惑う吸血姫に追い討ちをかける。ルルは一瞬で間合いを詰めて、吸血姫を攻撃した。

「ぐッ、あぁッ!?」

服が破かれ、たわわな乳房を露呈した吸血姫。デカいな……。だが性的な興奮はない。服だけではなく、皮膚までもが裂かれたからだ。綺麗な服とカーペットが、滴る血で汚されていく。

「調子に……乗るな!!」

吸血姫がそう叫ぶと、痛々しい傷が瞬く間に癒えた。さすがは吸血鬼の上位種、再生能力も並ではないようだ。

「何故だ! 何故、貴様の矮小《わいしょう》な魔物風情が……我に勝る!!」

「お前が弱いだけだろう」

実はそんなことはない。

この吸血姫は間違いなく、強い。俺がこれまでに相対してきた中で、シセルさんに次いで強いだろう。

ララとリリはSS級であり、吸血姫はSSS級の魔物だ。単純なステータスだけならば、雲泥の差があるだろう。だが、相手が悪かった。この場には俺がいるのだ。

戦いが始まる前に、俺は支援魔法を唱えた。ブレスを強化する支援魔法、《息吹の強化《ブレス・アップ》》を。攻撃力を強化する支援魔法、《筋力の強化《パワー・アップ》》を。その他様々な支援魔法を、2匹に唱えた。

結果、2匹は吸血姫《SSS級》を超えた。ランクによる絶対的な差が、俺の手によって覆ったのだ。

「黙れ黙れッ！　そうだ！　貴様はテイマーだったな!!」

「あぁ、その通りだ」

「使役する魔物は強くとも、貴様は脆弱な人間に過ぎない！　貴様さえ殺せば、万事解決だ!!」

どこからともなく細剣を取り出した吸血姫は、俺に向かって一直線に駆けて来た。その表情は喜色《きしょく》満面《まんめん》。ニコニコの笑みを浮かべている。

「3匹とも、何もするな」

3匹にそう命令する。そして襲いかかってくる吸血姫を、短剣で受け止めた。

「我を受け止めるとは、運がいいな！　だが、ここからが真の地獄だ！」

吸血姫は細剣を振るい、俺を刻もうとしてくる。縦横無尽に振るわれる斬撃は、その剣の細さからは想像もできないほどに重い。俺はそんな斬撃を、短剣で防ぐ。

「フハハハハッ！　我がロリルシア流の剣術はどうだ!!　守るだけで精一杯のようだな!!」

「……白兵戦《はくへいせん》とは悪手だな」

「負け惜しみか？　弱者のソレはいつだって、聞くに堪えないな!!」

「……今のは少し、イラついたぞ」

せっかく手加減してやっているというのに、図に乗りやがって。コイツの実力は理解した。これ以上は試す必要もないだろう。

「我が必殺の剣技、受けてみよ――」

「おらッ!!」

吸血姫の剣が光り輝くと同時に、俺は吸血姫の腹に蹴りを加えた。メキリッと骨が砕ける音と、ゴニュリッと内臓が破裂する感触が靴越しに伝わってくる。

「ぐふッ――!?」

口から血反吐と吐瀉物を撒き散らしながら、吸血姫は吹き飛ぶ。そのまま壁に衝突し、壁にめり込んだ。

「わ、わたしが……あ、いや。わ、我が……」

ブツブツと呟きながら、吸血姫は壁から這い出る。腹部からは臓物が漏れ、ボタボタと様々な体液が垂れ流れている。服は既に大破し、ほぼ全裸だ。

「う、アァアアアァッ!!」

吸血姫が耳障りな叫びをあげると、痛ましい傷は全て癒えた。全回復したのだ。さすがは吸血姫、あれほどの傷でも致死には至らないか。

「貴様、名はなんという?」

「……アルガ・アルビオンだ」

「そうか、アルガか」

吸血姫はニコッと微笑んだ。敵ながら……少しドキッとしてしまう。

「認めよう、貴様は強い。だからこそ……これで最後にしよう」

吸血姫はそう告げると、左手を天に掲げた。

「光栄に思うがいい」

吸血姫の頭上に現れる、無数の魔法陣。その数はおよそ……100。

「我の最強の魔法、貴様に放ってやる」

魔法陣から形成されたのは、無数の武器。槍や剣、矢や槌など様々な武器の数々だ。そのどれもが赤黒く、血液でできている。まさしく吸血姫らしい魔法と言えるだろう。

「この魔法に耐えきった者はいない。全てが終わったとき、貴様は――立っていられるかな？」

吸血姫が左手を振り下ろすと、無数の武器が降りてきた。赤黒いソレらは、俺たちの命を削ろうと迫る。

「ララは【ドラゴンウィング】を、リリは【電磁防壁】を使ってくれ」

「デドラァ!!」

「ルガァ!!」

ララの翼が光り輝き、数回ほど羽ばたいた。発生した突風が襲いかかる武器を、次々と地面に落としていく。地面に落ちた武器たちは、すぐに溶けて血液に戻っていく。

ルルのツノが光り輝き、俺たちを覆うように電気のドームを創り出した。電気のドームに当たった武器たちは、弾け飛んだ。

【ドラゴンウィング】と【電磁防壁】によって、俺たちに襲い掛かる100の武器は全て消えた。その様子を一部始終見ていた吸血姫は――

「これなら……きっと……お父様を……」

ブツブツと呟く吸血姫。その表情は何故か、歓喜に満ちている。

「そろそろ終わりにしよう」

「え、あ、え？」

「全てが終わったとき、俺は立っていた。だったら、次は俺の番だろ？」

「え、えっと、そ、そうですけど……」

「俺たちの最強の一撃、お前に放ってやるよ。光栄に思え」

俺は再度、ララとリリに支援魔法を唱えた。ヤツの再生能力の高さは、既に確認済みだ。だからこそ、支援魔法を重複させる。一撃で屠れるように、重く鋭い攻撃を仕掛けるために。

「ララ、リリ。準備はいいか？」

「デドラァ!!」

「ルガァ!!」

ララの口からは焔が漏れ、リリの体には紫電《しでん》が走っている。2匹とも準備は十分のようだ。

「行くぞ――」

2匹に命令をしようとした、そのとき――

「ちょっと待って!! 降参、降参します!!」

と、吸血姫は泣きじゃくりながら、そう言った。

◆

「ヒグッ……ごめんなさい……試すようなことして、本当にごめんなさい……」

ダバダバと涙を流しながら、謝罪を繰り返す吸血姫。これは……どういう状況だ？

「えっと、降参……の意味はわかっているよな？」

「はい……わたしの負けです……。こ、殺さないでください……ヒグッ……」

「……命乞いをする魔物なんて、初めてだな」

「な、情けなくてごめんなさい……。は、話だけでも、き、聞いてもらえませんか？　ヒグッ……」

先ほどの高圧的な態度とは打って変わって、なんというか……見た目通りの可憐な少女のような素振りを見せている。これは演技……ではないな。プライドの高い吸血姫は、演技で敵を騙すなんてことはしない。

「えっと。とりあえず、ララとリリは攻撃中止だ」

「デドラァ……」

「ルガァ……」

ションボリした表情で、準備していた攻撃をやめた2匹。コイツらとしても、消化不良なのだろう。

「……とりあえず、話を聞いてみる？」

「……それもそうですね」

コイツを殺すか否かの判断は、その後でも遅くない。それに単純に命乞いをする魔物の話が、とても気になるのだ。一体どんな理由があれば、プライドの高い吸血姫がプライドを捨てて、降参を選択するのか。その理由を是非聞いてみたい。

「話してくれ、吸血姫。いや……。レイナ・ラ・ロリルシアよ」

親近感を湧かせるために、あえて個体名を呼ぶ。人間と吸血鬼では精神構造が似ているので、この程度のことで好感度を稼げるはずだ。

「あ、ありがとうございます……!!」

俺の計画通り、レイナは満面の笑みだ。

そして鼻水を垂らしながら、レイナは語りだした。……汚いな。

◆

「わ、わたし……少し前までは、お父様と一緒に暮らしていたんです……」

「少し前？　何かあったのか？」

「はい……。あれは今から1か月くらい前、聖職者たちが数人やってきたんです」

「まぁ、おかしな話ではないね。吸血鬼には聖魔法が特効だからね」

「わ、わたしとお父様も、最初はそう思いました。いつも通り、蹴散らせばいいいんだと考えていました……。ですが……」

レイナの表情が曇る。

「あの日来た聖職者たちは、異様に強かったんです。SSS級のわたしとお父様でも、まるで歯が立ちませんでした」

「それは……奇妙な話だね。聖職者でSSS級の人は何人かいるけど、彼らは私が知る限りだと特段仲がいいわけでもないからね」

「徒党を組んだりすることは、なさそうな人たちなんですね?」

「うん。そもそもSS級の迷宮如きに、SSS級の人たちでパーティを組むなんてあり得ない話だよ」

それもそうか。SSS級という肩書きは、強者の証だ。ソロでSS級の迷宮を攻略することくらい容易く行えないと、決して得られない称号なのだ。

「その聖職者たちはお父様を羽交い締めにして、怪しいクスリをお父様に打ちました……」

「クスリ?」

「はい……。緑色の液体が入った注射を、お父様の首筋に打ち込んだのです……。その後すぐ、帰還石で帰りましたが……」

聖職者は聖魔法で全てを解決したがる。

風邪を引いたら聖魔法、骨折したら聖魔法。病気も怪我もなんでもかんでも、聖魔法で解決したがる連中なのだ。

故に彼らは薬や医療を嫌う。神の力を介さない治療など冒涜的だと嘆き、子どものような癇癪で、騒ぎ立てるのだ。

だからこそ、聖職者がクスリを扱うということに違和感を抱く。レイナの父にクスリを打った連中は、本当に聖職者なのだろうか。

「そこからです、お父様がおかしくなったのは……」

「おかしくなった？」

「夜中にいきなり叫んだり、辺りの魔物を貪り食らったり……。日に日に理性が落ちていって、今では言葉も通じません……」

「まるで獣みたいだね」

「今はこの部屋の下にある、地下室にいます。理由はわかりませんが、逃げるように下へと駆けて行きました……」

よく見ると部屋の隅に、大きな穴が空いている。そこから降りたのだろうな。

「アルガ様、お願いがあります。お父様を……殺してあげてください……」

と、レイナはそう告げた。その表情は酷く思い詰めたような、暗いものだ。

「なるほど。父親を殺せるほどの実力者か試すために、襲いかかってきたわけだな」

「試すようなことをして、本当にごめんなさい。ですが……わたしに勝てる実力がなければ、お父様に勝利することなど不可能ですので……」

「レイナのお父さんは、そんなに強いの？」

「以前まではわたしと互角でした。ですがクスリを打ち込まれてから、その戦闘力は日に日に上がっています……。今ではわたしでも、手も足も出ません……」

そんなに強いのか。SSS級のレイナを凌ぐのだから、俺やシセルくらいしか対処可能な者はいないだろうな。

「本当に殺してもいいのか？　治療は無理なのか？」

「お父様の顔を見れば……無理だと察するはずです」

つまり、それほど酷い状態というわけか。

「レイナ、お父様を救ってやるよ」

「ほ、本当ですか!!」

「ただし、条件がひとつある」

「……わ、わたし……初めてなので、や、優しくしてください……」

「は？」

急に話が伝わらなくなった。と思いながらレイナを見ると、たわわな胸を寄せながらモジモジしている。

……あぁ。なるほど。俺が求める条件が、『体で払え』だと思っているのか。

「……アルガくん、変態だね」

「変態なのはコイツですよ……。さすがに傷心の少女を狙うほど、俺も腐っていません」

ため息を零す。ピンク髪は淫乱、という風潮は正しいようだ。

「レイナ、俺の仲間になれ」

「え、それって……結婚してくれってことですか⁉」

「違う、テイムされろってことだ」

「あ、そっちですか……」

何故かガッカリするレイナ。

今の流れ的に、結婚には結びつかないだろう。

「えぇ、いいですよ。お父様を救えるなら、どんな非道な目に遭っても構いません」

「……非道な目に遭いたいんじゃないの？」

「……なんとか言えよ」

ため息を零しながら、レイナの頭に触れる。そして、唱えた。

《仲間術《テイム》》」

瞬間、光がレイナを包み込む。

光が晴れると、そこには変わらないレイナの姿があった。

「……何も変わりませんね」

「そんなもんだ。それよりも、準備はいいか？」

「え、もう挑むのですか⁉　回復とかは――」

「必要ない。ほぼ万全の状態だからな」

「つまり……わたしとの戦いは、準備運動にもならなかったわけですね」

肩を落としてガッカリするレイナ。

いや、そんなつもりで言ったわけではないのだが。

「アルガくん、女心を学んだ方がいいよ……」

「え、え？」

「うぅ……悲しいです……」

「え、え？」

ふたりは続いて、穴に落ちていった。俺ひとりを残して。

「ま、待ってくれよ！」

俺もふたりを追いかけるようにして、穴に落ちた。

◆

下の部屋に降りたとき、最初に感じたのは……異様な臭気だった。生臭く、不愉快な臭いだ。腐らせた卵と牛乳をグチャグチャに混ぜたような、嫌な臭いが部屋中に漂っている。

「臭いね……」

「えぇ……吐き気がします……」

俺とシセルさんは思わず、鼻を摘まむ。

だが、レイナは違った。彼女はただ部屋の中央を、一心不乱に見つめている。

「お父様!!」

天井と床、両方がレンガ造りなこと以外はなんの特徴もない部屋に、彼女の声が響き渡る。そして彼女の声は、部屋の中心にいたものを目覚めさせた。

「グギュルゥウウ……」

最初、俺はソレが何かわからなかった。

ソレが動き出すまで、俺はソレのことを岩だと認識していた。今思えば、違和感を抱くべきだった。なんの変哲もない部屋に、岩が置いてあるわけないんだから。だがしかし、俺はソレが動きだすまでなんの違和感も抱くことができなかった。

動きだしたソレは、あまりにも奇妙な形をしていた。体長はおよそ3メートルほどだろうか。ひどくノッポではあるが、ソレはヒトの形をしている。上半身が裸なこともあって、痩せさばらえて骨と皮だけになった上半身を露出してしまっている。漆黒のズボンをはいている下半身も同様に、ガリガリに細い。

ヒトの形をしているが、明らかに異色な部分がふたつ存在する。

ひとつ目はその両腕だ。痩せた体には不釣り合いに、太く巨大な腕が生えている。

筋骨隆々《きんこつりゆうりゆう》……なんて言葉では、とても足りない。巨人の腕を移植したかのような、身長と同じくらいの長さと体の倍以上の太さを持つ腕が生えているのだから。

ふたつ目はその顔だ。

桃色の髪と真紅の瞳。それ以外は全て、異常だった。緩んだ口元からは獣のようにヨダレを垂らし、その瞳は焦点が合っていない。喉から出る声も全て、まるで獣の唸り声のようだ。全てにおいて理性を感じさせず、狂気を感じさせる。

まるで気が触れたように。

「お父様……」

そんな不審な人物を、レイナは父親だと言っている。確かに髪色と瞳は似ているが、今のソレをレイナの父親だと認識することは非常に難しい。

「……アルガ様」

「……なんだ」

「……お父様を……殺してください」

「……あぁ」

小さく零したレイナの言葉。

それはレイナが絞り出した、避けたかった言葉だと理解するのに時間は必要なかった。

「あ、よく見ると隣に石像があるね」

「確かに。あれは……ラトネですね」

石像になったラトネが、お父様の隣に置かれていた。お父様のなんらかの攻撃を受けて、石化してしまったのだろう。吸血鬼に石化攻撃なんてなかったハズなのだが……と思うが、そもそも狂気に堕ちた吸血鬼の話自体聞いたことがない。聞いたことのないヤツが、聞いたことのない攻撃をしても驚くことではないか。

「しかし、アイツらはレイナを倒せたのか？　そんなわけないよな……」

レイナを倒さなければ、この部屋にはたどり着けないハズだ。そう思いながら部屋中を見渡してみると、俺たちが落ちてきた穴とは違う穴を発見した。

「なるほど、別ルートの穴もあったのか」

つまりカナトたちは別ルートの穴から、運悪くこの場に落ちてしまったのだ。そして運の悪さは重なり、ラトネを失ってしまったと。

……ここまでくると不憫だな。あんな連中だが、少し同情してしまう。

「……あぁ、なるほど。ようやくわかったよ」

シセルさん、何がですか？

そんな言葉を口にしようとした、そのとき――

【進化条件を満たしました】

と、目の前に出現したウィンドウ。

そして光り輝く、ルルの姿があった。

「……え、こんなときに？」

困惑をしている間に、ルルの光が晴れた。

そこには――漆黒のスライムがいた。

◆

【名　前】：ルル
【年　齢】：1
【種　族】：ショゴス
【レベル】：1
【生命力】：98564／98564
【魔　力】：125487／125487
【攻撃力】：10256
【防御力】：10411
【敏捷力】：10117
【汎用スキル】：噛みつき　Lv70
　　引っ掻き　Lv71
　　突進　Lv70
【種族スキル】：狂気乱舞　Lv77
　　狂気錯乱　Lv77
　　恐怖付与　Lv77
　　神経攻撃　Lv77

潰エタ希望　Lv77
祝福セシ滅亡　Lv77
忌々シキ太陽　Lv77
悪ナル上位　Lv77
滅ビヨ人類　Lv77
超音波　Lv17
ニードル　Lv7
毛棘飛ばし　Lv4
火炎車　Lv6
毒爪　Lv10
【固有スキル】：回復のコツ　LvMAX
恐怖を啜るモノ　LvMAX
【魔法スキル】：《下級の火球《ファイア・ボール》》Lv3
《下級回復魔法《ヒール》》Lv77
《中級回復魔法《スーパー・ヒール》》Lv77
《全体回復魔法《オール・ヒール》》Lv77
《下級解毒魔法《キュア》》Lv77
《全体解毒魔法《オール・キュア》》Lv77

思わずステータス画面を開いたが、これは……予想以上だ。ほとんどのステータスが大幅に上昇している。今ではララとリリと並ぶ……いや、それ以上の強さだ。その上、見たことも聞いたこともないスキルで、溢れかえっている。

見た目こそ以前までとほぼ変わらず、ただ色が漆黒に染まっただけだ。だがその中身は……別人、いや別スライムと言っても過言ではない。そもそも……スライムなのかどうかもわからないが。ショゴスだからな。

「進化したんだ、スゴいね!!」

「俺も驚きです。……どうして、こんなタイミングで」

「それはきっと――」

「――お父様が来ますよ!!」

シセルさんは何か知っていそうだが、今は聞くことができなさそうだ。お父様が思いきり俺に向かって、突進しているから。

「グギュルゥウゥ!!」

巨大な拳を握り締め、俺に向かってくるお父様。込められた魔力は甚大で、直撃すると少々面倒だな。

「ルル!!」

「ショゴー!!」

俺の声に反応するルル。

よし、さっそく試してみよう。効果はわからないが、ぶっつけ本番だ。

【狂気錯乱】だ!!」

「ショゴー!!」

俺の命令に従い、ルルは紫色の波動を放った。その波動はお父様に命中し――

「グギュルゥウウ……!!」

お父様はその場に倒れ、のたうち回った。

巨大な手で喉を掻きむしり、皮膚がズタズタになっていく。だが吸血鬼特有の再生能力で、その傷は瞬時に癒えていく。

「え、え……?」

「ルルちゃん、ショゴスになったでしょ?」

「え、どうしてそれを……?」

「私が邪神に勝った話は知っているでしょ?」

「え、えぇ。まぁ」

「そのときね、邪神の配下としてその魔物、ショゴスがいたんだ」

「……え?」

どういうことだ?

ショゴスは配合時にのみ生まれる、特殊な魔物ではないのか？　ララやリリと同じく、野生には存在しない魔物ではないのか？

……いや、そんなことは今はどうでもいいか。大切なのは、ショゴスがどんな魔物かだ。いったいどんな攻撃をしたのか、それが必要な情報だ。

「ショゴス……いや、邪神系の魔物は、この星の魔物とは違う、特殊な能力を持っているんだ」

「それは……？」

「〝精神汚染〟、平たく言うと精神をおかしくさせる効果だよ」

俺はすかさず、ショゴスのスキルを確認した。

【狂気錯乱】
宇宙を由来とする魔物のみが習得可能なスキル。対象を狂気に陥れ、精神的に追い詰める。発狂した相手にも効果アリ。

「……本当だ」

「あの吸血鬼が打たれたクスリ、それは多分、邪神由来の物質だね。血液であったり尿であったり、ともかく邪神に関係のあるものが打ち込まれたと思うんだ」

「それでは……お父様がおかしくなったのは、全て……その邪神の影響ということですか!?」

「うん。そしてその狂気に陥れられたお父様を、ショゴスの攻撃でさらに深淵の狂気に堕としたってわけだね」

喉元を掻きむしりながら、ビクビクッと痙攣しているお父様。……悪いことをしている気分だ。

「アルガ様、お願いがあります」

「あぁ、わかっているよ。ルル、解除してくれ」

「ショゴー!!」

ショゴスが何をしたかはわからないが、お父様がスクッと立ちあがった。相変わらずその眼は焦点が合っていないが、少なくとも先ほどよりはマシだ。

「3匹とも、戦えるな?」

「デドラァ!!」

「ルガァ!!」

「ショゴー!!」

こうなる前は、きっと気位の高い吸血鬼だったのだろう。品があり、他の吸血鬼からも一目置かれる存在だったはずだ。ならば……最期くらい、正々堂々と戦わせてやろう。

「グギュルゥウウ!!」

「行くぞ!!」

俺たちの最後の戦いが始まった。

◆

「ハァ!!」

「グギュルゥウウ!!」

拳と刃がぶつかり合う。血が飛び散り、床を赤く染め上げる。剣戟、拳戟、剣戟、剣戟、拳戟。手数は俺の方が多く、お父様の拳からは血が絶えず吹き出る。

お父様の拳は重い。

【黒竜の牙】でお父様の拳をいなす度に、ミシミシという嫌な音がする。このまま馬鹿正直にいなしていれば、いずれは砕けてしまうだろう。

「グギュルゥウウ!!」

お父様が拳を突き出す。

俺はそれを避け、お父様の手首に刃を当てた。そして――振り抜く。

「ヤァッ!!」

「グギュッ……!!」

お父様の手首を切り落とした。

鮮血が溢れ出て、強靭な腕が若干痩せ細る。

「グ、グギュァアア!!」

「無駄だ、再生はしない。腕が腐っていくのが、わかるだろう?」

「グ、グギュァアアア!!」

「……いや、わかるわけないか。理性がないのだからな」

手首を失ったまま、お父様は殴りかかってきた。……痛ましいが、それが望みなのならば……相手をしてやろう。

「【紅蓮拳】【竜ノ鱗】【鋼鉄拳】」

俺の拳が真っ赤に燃える。

お父様を倒せと轟き叫んだ。

「ヤァッ!!」

「グギュァアアア!!」

お父様の拳無き拳と、俺の拳がぶつかり合う。ジュッと肉が焼ける音と、バキッと骨が折れる音が聞こえる。

お父様の拳は重い。だが、俺ほどではない。スキルを使って硬めた俺の拳と、ただ筋肉を発達させただけのお父様。どちらが強いかなんて、考える必要もないだろう。

「グ、グギュァアアア!!」

「まだまだ!!」

続けて、俺は拳を突き出す。

【毒針】【戦杭】【槍穿】【竜拳】。

【筋力強化】【貫力強化】【ニードル】。

パワーアップに繋がるスキルを全て使い、お父様を殴る。殴る。殴る。

「グ、グギュァアアア……」

ベキベキと骨が砕け、ズタズタと肉が千切れるお父様。お父様の細い体では、俺の拳は重すぎるようだ。

【蜘蛛糸】【毛棘飛ばし】」

お父様を蜘蛛糸で簀巻きにし、髪の毛を飛ばす。ドスドスと突き刺さる髪の毛、蜘蛛糸の簀巻きが赤く染まる。

「グ、グギュァアアア!!」

だが、お父様も負けていない。

渾身の力で、見事に蜘蛛糸から脱出した。

【飛蝗蹴】!!」

「グギュッ……!!」

お父様の腹を蹴り、距離を取る。

レイナとは違って体重が重い分、お父様が吹き飛ぶことはない。だが俺の蹴りは相当ダメージを与えたのか、口から血反吐を吐いている。

「ララ、【ドラゴンブレス】!!」

「デドラァ!!」

「リリ、【サンダーブレス】!!」

「ルガァ!!」

お父様に放たれる、灼熱と雷撃。それらは命中し、お父様の体に深刻なダメージを与える。

「グギュルゥウウ……!!」

灼熱と雷撃が晴れると、そこには……黒く炭になったお父様の姿。片足は完全に炭化してしまい、もげてしまっている。両腕は無事だが、ガードをしていた影響か骨が露呈している。その他の部位も深刻なダメージを負ってしまっており、再生能力だけでは追いつかないだろう。少なくとも、今すぐ戦える状況にはなさそうだ。

「グギュルゥウウ……ニンゲン、コロス……」

「理性を取り戻したか……？」

「ユルサナイ……ユルサナイ……」

「……いや、そうではないな」

吸血鬼も首を切断されれば、死んでしまう。俺はお父様の首元に、短剣を当てた。

「さようならだ」

そのまま短剣を振り抜き——お父様の首を刈った。

「……娘を頼む」

俺の耳に、そんな声が聞こえてくる。えっ、と思い聞き返そうとするが、既に遅い。お父様の体は崩れ、既に灰になっていた。

「……お父様、どうか……安らかに……」

レイナの祈りが通じたのか、お父様の灰は天に昇って行った。

◆

「アルガ様……ありがとうございます」

「あぁ、構わないさ。それより……お前は大丈夫か？」

「はい。わたしは……心配いりませんよ」

「本当か？」

「少しだけ……つらいです。ですけれど、あのまま狂ったお父様が永遠に生き続けると考えた方が、ずっと苦しいですので」

「それも……そうか」

目の前で親が殺されたのだから、大丈夫なハズがない。だがレイナは健気に、「心配ない」と告げた。俺には親がいないからわからないが、目の前で親が殺されて大丈夫なんて……言えるだろうか。

魔物と人間で精神構造が違う可能性も否定できない。だがそれでも、こうして感謝を告げられるレイナは確実に、強いのだろう。

「ドロップアイテムの確認を行いたいが、まずは……コイツの処遇だな」

目の前にはラトネの石像が転がっていた。

欠けることなく、絶望の表情で石化しているラトネの姿がそこにはあった。

「どうするの？　砕くの？」

「そんな野蛮なことはしないさ。ララ、こっちに来い」

「デドラァ！」

「【ドラゴンブレス】だ」

「デドラァ!!」

ララに命令を下し、灼熱の火炎をラトネの石像に浴びせる。轟々と燃え盛る火炎が、ラトネを徐々に融《と》かしていく。数分後、ラトネ像は完全に融けきった。

「よし、復讐終了だな」

「……砕くよりも野蛮じゃない？」

「そんなことはないですよ。さて、それでは」

俺は地面に手をつけ、土魔法を唱える。

「《中級の岩芸術品《ロック・アート》》」

地面がモコモコと盛り上がり、とある形を形成していく。それは先ほどのラトネの石像そっくり……いや、そのものと化した。

「へぇ、綺麗だね」

「こいつをカナトたちにプレゼントします。カナトたちはただの岩人形を抱えながら、必死に呪いを解こうとするでしょうね」

「肝心の本人は既に死んでいるというのに、必死に岩人形に希望を見出す姿……想像するだけで哀れだね！」

もちろん、俺の復讐はその程度では終わらない。今回の攻略で、ルルが進化した。ルルは精神に作用をする能力を習得したのだ。

これを使わない手はないだろう。本来考えていた作戦に加え、ヤツらにより一層キツい仕置きをしてやるのだ。

「では最後に、ドロップアイテムの回収をするか」

「……はい」

「大丈夫だレイナ、ここで回収した道具はお前に譲渡してやるから」

「……え？　ど、どうしてですか？」

「どうしてって、お前は俺の大切な仲間だからな。その程度、普通だろ？」

「あ、ありがとう……ご、ございます……」

ポロリポロリと泣きだすレイナ。

まったく、泣き虫だな。

「さぁ、開けるぞ」

「は、はい!!」

お父様を倒したときに出現した、宝箱を開ける。そこには――

「……ゴスロリ？」

箱に入っていたのは、綺麗に折りたたまれたゴスロリ服。それは先程までレイナが着ていたものよりも、多少かわいいものだった。

「お父様……これは……」

「きっと……レイナに向けての、最後のプレゼントなんだろう」

「お父様……」

ギュッとゴスロリ服を抱きしめるレイナ。

その瞳には、相変わらず涙が浮かんでいる。

「ほら、着てみろよ」

「は、はい……!!」

スルスルとレイナは袖を通していく。

そしてその服を着ると、思っていた以上にピッタリのサイズだった。

「似合っているな」

「あ、ありがとうございます……」

今度は頬を赤く染めるレイナ。

泣いたり赤くなったり、忙しいな。

「ほら、イチャついていないでさっさと帰ろうよ」

「い、イチャつくだなんて……そ、そんな……」

「えぇ、わかりました」

「あ、ちょっと!! 待ってくださいよ!!」

俺たちは帰還した。

◆

次の日、俺たちはギルドに来た。

ギルドに到着すると、既にカナトたちはいた。そんなカナトたちを囲うように、何人もの冒険者が集っている。

「待たせたな」

「あ、アルガ……ラトネは？」

「まずは感謝の気持ちを述べろよ。誰のために危険な迷宮に挑んだと思っているんだ」

「す、すまない……。あ、ありがとう……」

「それで……ラトネは救えたんスか？」

「あぁ。あの迷宮程度、誰でも攻略可能だろ」

俺は影からラトネ像を取り出す。

ゴトッと地面に転がるラトネ像。そのラトネ像にカナトたちは群がった。

「ラトネ!!　ラトネ!!」

「……無事だったんスね」

「……よかったです。何よりですね」

嬉しそうなカナトとは対照的に、苦虫を噛み潰したようなサンズとナミミ。彼女たちはカナトに好意を寄せているから、ライバルが消えて嬉しかったんだろう。それなのに、ライバルが帰ってきたので、不満を感じているのだ。

「アルガ……ありがとう。そ、それで……石化の解呪方法はわかるか？」

「舐めているのか？　それは俺の仕事じゃない」

「そ、そうだよな……。わかった、解呪は俺たちがするよ」

まぁ、解呪なんて無理なんだけどな。

それはただの石像で、本当のラトネは融解したんだから。

「な、なぁアルガ……お前さえ良ければ、また俺たちとパーティを組まないか？」

「もう遅いと前にも言っただろう。それに……そんなことを言える状況じゃないことに、本当に気付いていないのか？」

周りの冒険者たちの困惑する声が、聞こえてくる。

「おいおい、なんだ？　あれは……ラトネじゃないか？」

「石像になっているぞ？　ヒュドラやメデューサに敗れたのか？」

「だけど、それにしてはカナトたちはピンピンしているし、どういうことなんだ？」

「もしかして……ラトネだけを迷宮に捨てて、自分たちは逃げてきたんじゃないか？」

「確かに……それなら納得できるが、そんな非道なことをアイツらがするか？　アイツらは新進気鋭《しんしんきえい》のS級なんだぞ？」

周りの冒険者たちが、現状に疑問を抱いている。ラトネによく似た石像がここにあって、カナトを含むその他の仲間たちはピンピンしているのだからだろう。

「どうだ、捨てた仲間と出会えて嬉しいか？」

「捨てたって……そんな――」

「事実だろ。お前たちは自分たちが一番大切なんだ。俺を追放したように、お前たちは不必要な要素を切り捨てるような連中なんだからな」

俺の発言によって、周りの冒険者たちが動揺している。

「す、捨てた……？」

「おいおい、マジかよ。今の発言はつまり、仲間を犠牲にして自分たちだけ逃げてきた……ってことだよな？」

「最低じゃねェか……。パーティを組んだ以上、一蓮托生《いちれんたくしょう》の仲になるべきだろ？　それを自分たちが生き残るために、仲間を犠牲にして逃げるなんて……」

「それに……アルガがカナトパーティを抜けたのも、自分からではなくて追放されたから……みたいだな」

「つまりアイツらが仲間を捨てたのは、今回が初ではないってことか」

「……ゴミクズじゃねェか」

周りの冒険者たちが、厳しい目でカナトたちを睨んでいる。はッ、いい気味だな。

「ち、違う……俺たちは!!」

「そ、そうっスよ!!　こ、この腐れテイマーが全然活躍しないから、解雇しただけっスよ!!」

「そうですよ!! 私たちは正当な追放をしただけで、活躍を見せないこのテイマーが悪いのです!!」

と、反論をする3人。

だがどんな理由があっても、一度パーティを組んだ仲間を追放することは道徳に反している。それが冒険者の倫理観だ。彼らがどれだけ言い訳をしても、他の冒険者は彼らに不信感を抱くだろう。

言い訳をするカナトたちと、それを責め立てる冒険者たち。

彼らの喧騒が大きくなってきたとき——

「……今の話、本当ですか？」

現れたのは身長2メートルはある、屈強な男性。ネミラス・ミラスル、このギルドのギルドマスターがやってきた。

「えぇ、ネミラスさん。全て事実です」

「つまり……カナトさんたちはアルガさんを追放して、さらにラトネさんを見捨てた……というわけですね？」

「えぇ、その通りです」

さすがはネミラスさん、理解力が高い。

「ち、違う!!」

「そうっスよ!! アルガの件は……部分的に事実かもしれないっスけど!!」

「ですけれど、ラトネさんを見捨てたわけではありませんわ!!」

見苦しく言い訳を続ける、哀れな3人。彼らもギルドマスターには、強く出ることができないのだろう。

「ですが、客観的に見て……あなた方が追放や仲間を見捨てたということは、事実だと思いますが？」

「で、ですけれど……ラトネは見捨てていませんよ!!」

「だったら何故、ラトネさんだけが石化していて、あなた方は無事なのですか？　納得のいく理由をお聞かせ願いたいのですが？」

「そ、それは……」

「……これ以上の問答は無用ですね」

ネミラスさんは深くため息を吐いた。

そして——

「カナトさん、サンズさん、ナミミさん。あなた方のランクを降格処分とします」

「……え？」

「あなた方は今を以て、E級に降格とします」

と、ネミラスさんは告げた。

「え、お、俺たちが……E級……？」

「ご、5年かけてS級にまで上りつめたのに……っスか……？」

「ラ、ラトネを見捨てただけなのにですか……？」

哀れな連中だ。

因果応報とは、彼らのために存在する言葉なのかもしれないな。

「じゃあな、E級共。SSS級の俺のもとまで、上ってこいよ」

と、カナトの肩をポンッと叩き、俺たちはその場を去った。

◆

カナトたちへの復讐を遂げ、俺たちは宿に帰ってきた。

「ねぇ、アルガ様……わたしと結婚しませんか？」

「は？」

ベッドに横になっていると、レイナがそう言ってきた。この娘はいったい何を言っているんだ？

「おぉ、いいね！　結婚しちゃいなよ！」

「いやいや、なんでですか……。意味がわかりませんよ」

シセルさんも何故かノリ気だ。……楽しんでいるだけか。

「おい、もしかして父親を解放してやったことへの、お礼のつもりか？」

「いえ、そんなつもりはありません！　ただ……」

「ただ？」

「……アルガ様の強さに、惚れてしまっただけです」

レイナは頬を赤く染めている。

……あ、これは本気《マジ》のヤツだな。恋愛経験皆無の俺でも、なんとなく察することができた。

「いやいや、待て待て！　それはチョロすぎるだろ!!」

「わたしじゃ……ダメですか？」

「いや、ダメとかじゃなくて……俺はお前の父親を殺したんだぞ!?」

「いえ、殺したんじゃありません。生の呪縛から解放してくださったのですよ」

「同じだろ!!」

「全然違いますよ」

レイナは俺に、ギュッと抱き着いてきた。おいおい、柔らかなパーツが当たっているぞ!!

だが、レイナが結婚を求める気持ちも理解できる。魔物は後世をより強くするために、強い個体と繁殖をしたがる生物だ。レイナも俺のように強きものと、子を残したいのだろう。

「アルガ様もあのライバルたちに一泡吹かせて、栓が抜けたように快活《かいかつ》としていますよね？」

「いや、まぁ……そうだけどな」

「だったら、ちょうどよくありませんか？　これを機に新たな挑戦をしてみることも、アリだと思いますよ？」

「つまり……？」

「わたしと結婚してください」

「いやいや……」

正直何を言っているのか、よくわからなかった。多分結婚するために、適当なことを言っただけな

のだろう。

「アルガ様、お願いします。結婚してください」

「いやいや、そもそも俺とお前じゃ種族が違うだろ!!　人間と魔物なんだぞ!?」

「？　アルガ様も魔物ですよね」

「あ」

そういえばそうだった。俺は人間を超越し、配合魔人と化したのだった。

「え、アルガくん魔物なの!?」

「えっと、その……話がややこしくなるので、後ほど説明しますね」

「絶対にしてね!!　気になるから!!」

あぁ、めんどくさい。なんてめんどくさいんだ。配合魔人になった経緯を説明するのも、レイナに言い寄られることも。何もかもがめんどくさい。

だが……悪くはない。

カナトたちと組んでいたときは、仲間とこんな風に話すことはなかった。ロクに会話もせず、事務的な話のみ。そんな毎日だった。だからこそ、こんな騒がしい日常が……少し楽しい。

「もう、結婚してくださいよ!!」

「気になるなぁ……。アルガくんの話!!」

そう話すふたりは、最高の笑顔をしていた。

◆

冒険者が3人、ギルドで話をしていた。

「なぁ、昨日の……スゴかったよな!!」

「アルガがカナトたちの悪事を暴いて、降格させたあの件のことか？　あれは……正直、感動したな」

「追放されただけで終わらず、ちゃんと復讐するなんて……素晴らしいよな!!」

3人は興奮した様子で、アルガのことを語る。

「最初はE級だったアルガが、SSS級になって……しまいにゃカナトたちに復讐を果たすなんて!!　マジで創作物みてェな活躍だよな!!」

「漫画の主人公みたいだよな!!」

「しかもシセルさんなんていう、スッゲェ強い美人を仲間に入れていたし!!　マジで……最強だよな!!」

「噂だと、迷宮内で新たに仲間を得たらしいぜ？」

「あぁ、その噂は聞いたことがある。確かスッゲェ美人の魔物を仲間にしたんだろ？」

「マジかよ!!　ハーレムじゃねェか!!」

彼らにフォーカスを当てているが、周りの冒険者たちもアルガについて語っている。昨日、アルガがカナトたちに復讐を遂げてから、アルガは冒険者の注目の的になったからだ。

SSS級になった史上ふたり目のテイマー。

人類最強の女とパーティを組んでいるテイマー。新たに美人の魔物を仲間にしたテイマー。

そんな冒険者の噂は、必然的に広まっていく。そして皆が、アルガのことを話すようになった。

「そういえば、カナトたちはどうなったんだ？」

「さぁ？　昨日、いろんな連中にボコられてたのは見たけど、その後は知らねぇな」

「痛ましかったけど、自業自得だよな。鼻がもげて、耳が千切れていたのは見ていて痛そうだったけどな」

カナトたちは闇に消えた。

その姿を隠すように、ギルドを去ったのだ。

「あんなゴミクズなんて、どうだっていいだろ!!」

「それもそうだな。アルガについて語る方が、ずっと有意義だ」

「アルガは本当にスゲェよな!!」

そんな調子で、彼らはアルガを語る。

◆

ここは薄暗い、どこかの部屋。

3人の聖職者が、椅子に座り、ため息を零していた。

「吸血鬼が敗れてしまいましたか……」

と、悲しげな表情をしているのは男性の聖職者。歳は70にもなろうか。シワが深く刻まれた顔を、悲しみの表情でさらに濃くしている。

「仕方あるまい。なんたって、人類最強の女がいたのだからな」

と、嘆息を吐くのは男性の聖職者。

歳は30歳ほどだろうか。屈強な肉体で、ローブがパッツパツになっている。

「……いや、吸血鬼を倒したのは人類最強ではないぞ」

と、失望の声を漏らすのは女性の聖職者。

歳は10代だろうか。その小さな体にローブが合っておらず、ブカブカだ。

「何？　どういうことですかな？」

「まさか……最近仲間になったという、あのテイマーですか？」

「さよう。忌々しきテイマーが、吸血鬼を葬ったのだ」

女性の聖職者は、深くため息を零す。

「しかし、そんなことが可能なのですか？　テイマー如きが、偉大なる邪神様の力を得た吸血鬼を倒せるとは……とても思えないのですが」

「まさか……『2つ目の職業《セカンド・ジョブ》』ですか……？」

「おそらく、そのまさかだろう」

3人は納得したような表情を浮かべる。

「なるほど……。しかし、それが事実だとすれば、厄介なことになりましたね」

「確かに。人類最強と『2つ目の職業《セカンド・ジョブ》』のテイマー、その両者にバレないように作戦を企てる必要がありますからね」

「……我に考えがある」

聖職者は、ニコッと微笑んだ。

「最近、あのテイマーに恨みを持つ者が現れた」

「と、言いますと？」

「テイマーによって地位を奪われ、テイマーに並々ならぬ恨みを持つ者だ」

「それはいったい……誰なのですか？」

「テイマーの元仲間、名前はカナトという」

ふたりの男性の聖職者は、ようやく理解できたようだ。聖職者の考えが、理解できたらしい。

「なるほど、つまり……そのカナトとやらに力を授け、時間を稼がせるのですね？」

「時間を稼がせている間に、邪神様を復活させる算段と……そういうわけですね？」

「さよう。さらに運の良いことに、テイマーに恨みを持つ者はカナトだけではない。カナトの仲間、ふたりの女も同様だ」

つまり、3倍の時間を稼ぐことができる。ふたりの聖職者は理解した。

「それではさっそくだが、作戦を実行しよう。全ては世界を良くするために」

「世界を良くするために」

「世界を良くするために」

3人は影となり、その場から消えた。

番外編 × その1 ルルの場合

スライムという生き物は、どこからでも湧くものだ。

火の中、水の中、森や排泄物の中。かつてショウジョウバエが無から湧くと考えられていたように、スライムも無から突如として出現する。故に人々からは忌み嫌われているのだが、それはまた別の話。

そして今回紹介するスライムもまた、無から湧いた内の1匹だった。美しい青色をしたそのスライムは、ゴミ置き場から湧いたのだった。

◆

「……」

ゴミ置き場から発生したそのスライムは、周りを見渡した。スライムには目がない。だが、周囲の魔力を感知できるために、周りの光景がわかるのだ。

辺りを見渡したスライムは、瞬時に自身が置かれた状況を理解した。自身の周りにはゴミが散乱しており、同種族のスライムはどこにもいないという状況を。周囲の生命体はウジやハエ、ネズミなどであるということを。

「……」

スライムは活動を開始した。

そのゲル状の体を動かし、グニュグニュとゴミ置き場から這い上がる。そのまま地面を這いずり、一目散に、とある生物のもとへと向かう。とある生き物、それは黒光りした昆虫。そう、ゴキブリだ。

「……」

体をグニュグニュと動かし、地面を這いずるスライム。その姿はかなり不気味であり、気色悪い。生理的に受け付けず、多くの人がスライムのことを嫌う理由もうなずける。

と、気色悪い動きでゴキブリのもとへと辿り着いたスライムは、その体を大きく広げた。それと同時にゴキブリもスライムのことに気付いたようだが、時既に遅し。スライムはゴキブリが逃げる暇も与えず、ゴキブリの体を呑み込んだ。

「ゴキーッ!!」

ゴキブリは悲痛な叫びを上げるが、スライムはお構いなしだ。酸性の体液をゴキブリに流し込み、徐々に徐々にその体を溶かしていく。液体が注入されるにつれ、ゴキブリの動きは鈍くなる。硬い漆黒の甲殻もシュワシュワと見るも無残に溶かされていき、ゴキブリ特有の白いクリーム状の体液がスライムに漏れだす。

「……」

スライムは相変わらず無言を貫いているが、どこか嬉しそうな雰囲気を醸し出している。おそらくゴキブリの体液を啜ることができて嬉しい、あるいはおいしいのだろうが……その光景は耐性のない人が見れば卒倒するようなあまりにも悍《おぞ》ましい光景だ。スライムがゴキブリを飲み込み、ゴキブリのクリーム状の体液を啜る様など……耐性がある人でも目を背けたくなるような光景であるからだ。

「ゴ、ゴキッ……」

「……」

約10分後、ゴキブリは息絶えた。スライムの体内にまだ溶けきっていない甲殻を残して、その生命を終わらせた。

そんなゴキブリを捕食したスライムは、変わらず表情が読み取れない。だが不思議と満腹であることは理解できた。ゴキブリを捕食して、腹がいっぱいになったのだろうか。グニョグニョと蠢《うごめ》く体は緩慢《かんまん》になっていった。そして適当な物陰まで移動すると、その動きを静止した。表情こそ読み取れないが、おそらく眠ったのだろう。脳のないクラゲが睡眠を取るように、脳のないスライムにも睡眠は必要不可欠なのだ。

「お、おい……あのグニョグニョしたヤツ……なんなんでチュよ……」

「わからないでチュ……。でも……ゴキ助を一瞬で捕食するなんて……恐ろしいでチュね……」

「僕らと体の大きさは変わらないでチュけれど……いつかは僕らも食われるんじゃないでチュか……?」

「いやいや、それはさすがに……ないと信じたいでチュな……」

ゴキブリがやられた惨状を見て、2匹のネズミが戦慄している。否、ネズミだけではない。ウジやハエ、他のゴキブリなどのゴミ置き場に存在する全ての生命体が恐れ戦《おのの》いていた。次は自分の番ではないか、あのグニョグニョしたヤツはなんなのだ、アイツを処分するべきではないか、そんなことを全員が考えていた。全員が恐怖していた。

そして、その恐怖は正しかった。

◆

1か月後、ゴミ置き場は静かだった。

生命体は1匹も存在しなかった。人々はそれを喜んだが、なぜそうなったのかは考えなかった。被害がゴミ置き場だけに留まっていないということに、気付いていなかったのだ。

ゴミ置き場に来るモノは、何もネズミやゴキブリなどだけではない。食を求めて浮浪者もやってくるのだ。そして今日も、いつものように浮浪者がひとりゴミを漁《あさ》りに訪れた。

「今日は……どんなゴチソウがあるかなァ……」

と、浮浪者は鼻歌交じりにゴミを漁る。

浮浪者はゴミを漁る。虫やネズミが1匹も存在せず、いつもの異臭が全くないという異常性に気付くこともなく。ただ無心でゴミを漁っていた。

「お、これはウマそうなリンゴだなァ」

「……」

「ん、なんだこれ。ベトベトしていて気色わりィな」

「……」

浮浪者はゴミ箱の中から、齧られたリンゴを発見した。そしてそれに付着した青いゲル状の物体にも気付くことができた。

だがしかし、男は愚かだった。そのままゲル状の物体を裾で拭い、リンゴを齧ったのだ。このときに逃げていれば、男は死ぬこともなかっただろうに。己の空腹に負けて、無心でリンゴを齧ってしまったのだ。

「……」

「ウメェ!! 良いリンゴ使ってンな!!」

「……」

「最高だぜ!! うますぎンだろ!!」

「……」

男は気付かない。彼の背後にスライムがいることに。その体積を広げ、彼を捕食しようとしていることに。

「最高だッ!!」

「……!!」

「ん？ ……あぁッ!! なんだテメェ!!」

リンゴを無心で齧っていた男は、ようやく気付いた。背後のスライムに。

だがしかし、既に遅かった。遅すぎた。

「……!!」

スライムは男の体を包み込む。かつてゴキブリをそうしたように、彼の全身を包み込んだ。

「た、助け……グブッ!!」

スライムは自身の一部を、男の口に流し込んだ。ゴミ置き場の全ての生物を捕食したことによって、体外から溶かすのではなく、体内から溶かした方が効率が良いことを学習したのだ。

男は抵抗もできない。止めどなく口内に流されるゲル状の物体を、ただ飲むことしかできない。涙を流し、鼻水を垂れても、スライムのゲル状の物体が喉元を通過していく。あまりにも気色悪く、あまりにも屈辱的だ。

そしてスライムはついに、体の全てを男の体内に流し込んだ。

「な、なんだ今の……ウギッ!!」

男は腹を押さえて、その場に蹲った。尿路結石《にょうろけっせき》よりもさらに痛い、強烈な腹痛が襲いかかってきたのだ。

「い、痛い……た、助けて……。うぁあああああああああああああッッッ!!!」

情けなく喚くが、あまりの強烈な痛みにそう叫ぶしかない。男を襲う痛みは、人類が味わえる痛みの中でも一番に相当するほどの痛みなのだから。

食道や胃、腸がスライムによって溶かされていく。そして体内に漏れ出したスライムによって、その他の臓器も同様に溶かされていく。骨や筋肉や血管、神経も同様だ。

そのうちにスライムは男の眼球や鼻、口など、男の穴という穴から溢れ出した。当然、男の下半身の穴も同様だ。どうやら男の体内を全て溶かし尽くしたらしい。その証拠に皮膚だけとなった男が、地面に崩れた。その崩れた男の皮膚も、スライムは瞬時に覆って、溶かして吸収した。

「……」

成人男性をものの10秒で溶かす、それほどまでにスライムは強くなっていた。ゴミ置き場の全ての生物を狩り、今のスライムはレベル10を超えていた。レベル10もあれば、ただの浮浪者ごとき一瞬で狩ることができるのだ。さらに浮浪者を倒したことによって、今レベルが3上昇した。

「……」

スライムに脳はない。だがしかし、そのスライムは考えていた。

自分は強くなった。霊長類の頂点に君臨する人間にも余裕で勝てるほどに、自分は強くなった。ならば、このように薄暗いゴミ置き場から出て、この国を支配することも可能なのではないか。いつまでも薄暗いゴミ置き場で燻《くすぶ》っている必要など、どこにもないのではないだろうか、と。そのようなことを考えていた。

スライムは思った。今すぐこの場所から離れようと。このゴミ置き場から出ようと。

「……!!」

スライムはグニョグニョと体を動かして、ゴミ置き場を後にした。肥大化して2メートルを超える大きな体を引きずりながら。

◆

「おいおい、知っているか？」

「もしかして、〝神隠し〟のことか？」

「あぁ、その通りだぜ。夜な夜な子どもが消える、っていうあの噂だぜ」

その街では、とある噂が流れていた。夜な夜な子どもが消え去るという、神隠しの噂である。だがこれは噂ではなく、実際に起きている事件である。国の上層部はそのことに気付いているが、国民に余計な不安を与えないようにあくまでも噂という形で流布《るふ》しているのである。

だがしかし、国民も決してバカではない。

これが噂ではなく、実際に起きている事件だということは既にほとんどの国民が理解していた。


「子どもだけじゃなくて、大人も幾人か消えたって話だぜ？　ヤバいよな……」

「この国に何が起きてんだよ……怖ェよマジで……」

「騎士や冒険者は何をしてんだよ。高い金をもらってんだから、しっかりと働いてくれよな」

無論、騎士や冒険者も既に動いている。

だが未だに犯人の手がかりはない。

指紋を採取しようと試みても、全く採取できない。死体さえも残さないために、殺人方法さえもわからない。いや、そもそも殺人なのかさえもわからない。総じて、犯人の手がかりは全く掴めていない状況が続いていた。

国民はそんな状況に対して、不満や恐怖を募らせていた。子どもが毎晩消えていくような状況なので、恐ろしさを抱くことは当然だろう。

「まったく、しっかりしてほしい……ん、なんだあれ⁉」

と、男のひとりが空を指さした。そこには……。

「……なんだよ、あれ」

空を覆うように広がる、青色の液体。いや、正確にはゲル状の物体。それが国の空を覆っていた。

「に、逃げろ‼　騎士に知らせろ‼」

「なんだよ‼　なんだよあれ‼」

「知るか‼　でも……ヤベェやつだってことは確かだ‼」

「あれが……神隠しの正体なんじゃねェか⁉」

「今は黙って走れ‼　できるだけ硬い、頑丈な建物に逃げろ‼」

男たち、いや全国民が走る。空を覆いつくす巨大なゲル状の物体が、なにやらマズいものであることを本能的に察したために。そして事態を察した騎士や冒険者は、反対に外に出ていた。あの物体の正体を掴み、あの物体を討伐するために。

「なんなんだ、あの物体は……」

「空を覆いつくしている……。いや、違う。この国を丸ごと覆っているんだ‼」

「な、何⁉」

「つまり……ヤツの目的はこの国、の何かというわけか」

ふたりの騎士の推察は正しい。この国を覆うゲル状の物体——スライムの目的は、この国の全ての生命体を吸収することだ。そしてレベルを上げて、更なる高みへと自分を誘《いざな》うことである。強くなることこそが魔物の、そして生命の本能なのだから。

数百人の子どもや数人の大人を吸収したスライムは、今やレベル１００に達していた。いくらスライムといえども、レベル１００に達すれば最強になれる。ひとつの国を覆いつくすほどに巨大になれ、そしてひとつの国を滅ぼすことも可能になるのだ。

「全員迎撃態勢!! ありったけの大砲や魔術を放ってやれ!!」

ひとりの騎士がそう指示を出すと、国を覆うスライムに砲撃や魔術が飛ぶ。雷や炎、氷や土など数々の属性の魔法が放たれる。大砲も強力な火薬を内包しており、一発一発が街をひとつ吹き飛ばすほどに強力な威力である。

そんな強大な魔術、大砲が撃ち込まれていく。だが……。

「……」

スライムに命中するも、ダメージは皆無。痛覚がないことも影響しているのか、狼狽えることもせず、魔術や大砲はズズズズズズッとスライムの体に埋もれていく。

「ば、バケモノ!!」

「つ、次だ!! ヤツをこの場で殺せェ!!」

「打て打て打て打てェエエエエ!!」

とめどなく攻撃が放たれる。

だがしかし、やはり全てが無意味。

「ば、バケモノめ……」

「た、隊長!!」

「なんだ!!　こんなときに!!」

「あ、あのゲル状の物体ですが……迫ってきています!!」

「どこにだ!!」

「こ、ここ!!　地上に徐々に落ちています!!　地面に降りてきています!!」

「何ィ!?」

新米騎士の言うとおり、スライムは徐々に地上に落ちてきていた。ついに全ての生命を捕食しようと動きだしたのである。

「な、なんとしてでも!!　なんとしてでも食い止めろ!!」

「は、はい!!」

「あんな奴に……殺されてたまるかぁあああああ!!」

「妻と子どもがいるんだ!!　こんなところで死ぬわけにはいかねェ!!」

「俺、帰ったら結婚するんだ!!!!!」

冒険者、騎士、その他戦える者は手を取り合い、この国の脅威に立ち向かった。剣や槍、大砲や魔術、使えるものを全て使ってスライムに立ち向かった。

だがしかし、1時間後。この国の全ての生命体は死ぬ。スライムに捕食されてしまうのだ。

◆

「……」

1時間後、この国ではスライムを除く全ての生き物が息絶えた。国中をスライムが侵食し、全ての生命を捕食したのだ。人間やイヌ、ネコやアヒル、ハトやゴキブリなど文字通り全ての生命体がスライムの腹の中に消えてしまった。今やスライムの体は国全体を軽く覆いつくし、数百キロメートルもの体積を誇るようになっていた。

数百万もの生命を捕食し終えて腹を満たしたスライムは、モゾモゾと蠢いていた。何を考えているのか、何も考えていないのか、人間には理解できないことを考えているのか、まるで理解できないがともかく、スライムは蠢いていた。モゾモゾ、モゾモゾと蠢きは増し、徐々に徐々に激しくなっていく。そして——そのときは訪れた。

「……!!」

突然、スライムの体が弾けた。数百、否。数千、否。数万、否。数億もの破片となり、スライムは大量に散らばった。そうして散らばった破片は、微々たる差異こそあれど、大きさは約30センチほどであり、また全ての破片が地面に付着した後、すぐさま意思を持つかのように、モゾモゾと蠢きだした。

そう、これはスライムの自殺行為ではない。スライムの繁殖行為なのだ。スライムという種は一定以上の大きさに達すると弾け飛び、多くの破片となる。その破片こそが、スライムの子であるのだ。

そうして生まれたスライムの子たちは各地へ散らばり、さらに大きく成長して、弾けて散らばる。そうやってスライムは生息域を増やしているのである。

突如として湧くこともあれば、こうして分裂で増えることもある。故にスライムという生き物は不思議な生き物なのだ。

「……ピキー!!」

そして生まれた数億のスライムの中、1匹のスライムが産声を上げた。声帯の存在しないスライムにとって、それは異常なことである。何故このスライムだけが産声を上げることができたのか、それは誰にもわからない。

ひとつわかること、それはこのスライムの名前が今はないということ。だが将来、このスライムには名前がつけられるということ。そう、「ルル」という愛らしい名前がつけられるのである。

◆

「ピキーッ!?」

数か月後、そのスライムは逃げていた。森の中、丸い体を必死に転がせて、水気の多い体を土塗れにして、そのスライムは逃げ惑っていた。

「ギャロォオオォオ!!!!」

スライムを追いかけるものの正体、それは『ブラックウルフ』と呼ばれるオオカミ型の魔物だ。全長約3メートル、体重約200キロ、かなり大きめのウルフである。

スライムは栄養価の高い魔物だ。食感はベチョベチョとしており、味も水ゼリーのように無味であるが、野生下においてこれほど栄養満点な魔物は存在しない。故にスライムは多くの魔物にその命を狙われる。野生では食感や味を気にすることなど、あまりにも愚かしいことなのである。

これこそがスライムが、数億もの子に分裂する理由である。弱き生き物は子の数が圧倒的に多い。子の数を多くしなければ、すぐに捕食されてしまって絶滅してしまうからだ。絶滅のリスクを下げるためにも、子の数をできるだけ多くする必要があるのである。スライムが大人になれる確率は、およそ100億分の1。ほとんどのスライムが大人になることができずに、捕食されて命を落とすのである。街を覆いつくすほど強力な個体になれるものなど、実に限られているのだ。

「ピキーッ!!」

そしてこのスライムもまた、命の危機に瀕していた。ブラックウルフはA級の魔物、対してスライムはF級の魔物である。戦闘力の差は歴然、それどころかほとんどのスペックでブラックウルフに負けていた。

唯一スライムが勝っているところを挙げるとすれば、それは……運だ。このスライム、少しばかり運に長けていた。故に弱小なスライムという種族ながらも、数か月間も生き残ることができたのだ。

そして、その運の良さは、ここでも発揮された。唐突に雷が降り注ぎ、ブラックウルフを打ったのである。

「ガッッッ……!?」

ブラックウルフは絶命。如何にA級の魔物といえども、落雷に敵うハズもないのだ。

「ピ、ピキッ……ピキュッ!!」

スライムは歓喜の声を上げる。自分の実力で討伐したわけでもないのに、などと愚かな人間は思うかもしれないが、運も実力のうちである。卑怯もラッキョウもない野生では、生き残ることこそが絶対なのだ。

「ピキッ!!」

スライムはその体を大きく引き伸ばして、ブラックウルフを飲み込んだ。ナポッ、グポュなどと艶めかしい音を森中に響かせながら、グググッとスライムはブラックウルフを捕食していく。そして約10分後、スライムはブラックウルフの捕食に成功した。

「……ピキーッ……」

だがしかし、スライムの体に変化は見られない。通常、スライムは捕食を行うたびにその体を大きくする。捕食した対象の大きさに比例して、大きく勇ましく成長するのだ。ブラックウルフの大きさは約3メートル、通常であればそれに比例して大きく成長する……ハズである。

だが、スライムの体に変化はない。

その大きさは生誕時と同じく、30センチの小さく未熟な体。一切の成長を放棄したかのように、スライムは依然として小さかった。

それもそのはずで、このスライムは声を出せることと引き換えに、成長する能力を失ったのである。

つまりこれから先、どれだけ捕食をしようとも、スライムは成長することができないのだ。唯一成長を可能とする方法もあるが、それはスライム1匹ではできない。絶対にできず、テイマーの力を借りる必要があるのだが……スライムがそれに気付くことなど、まずないだろう。少なくとも、己自身で気付くことはあり得ないことだ。

「ピキー……」

まるでため息を溢すかのように、深く落胆するスライム。ここ数か月、何を捕食しても成長できないのだから、その落胆具合は相当に深く悲しいものだろう。

「ピキッ！」

だがしかし、ここで落胆しても何も変わらないことなど、このスライム自身が一番よくわかっている。成長はできないかもしれないが、生きるためには捕食をしなければならない。とにかく食べて、食べて、食べる。成長できずとも生きるためには、そうすることしかできないと、このスライム自身が一番よくわかっているのだ。

「ピキッ！」

スライムは歩む。森の中を。

成長できずとも、生きるために。

今日も今日とて、捕食をするのだ。

◆

「ピキッ……」

その日、スライムは深く絶望していた。

目の前には巨大なオーガ。その手には大きな棍棒。まるで自分を磨《す》り潰そうと考えているように、オーガは舌舐めずりをしている。

そして自分は今……追い込まれていた。ここは洞窟の突き当たり。目の前にはオーガがおり、逃げ場は皆無。ここは洞窟内であるためにブラックウルフ戦のときのように、落雷にも期待はできない。

つまり……完全に詰んでいる。

「ピキッ……」

「オガァ……」

だがしかし、好機はあった。何故か一向にオーガが手を出してこないのだ。オーガは舌舐めずりをするだけで、スライムに対して手を出そうとはしてこない。

この間に、スライムは考える。逃げる算段を。生存の一手を。

ここは暗い洞窟の中、先述したとおりに落雷には期待できない。だが、その他の自然現象であれば、どうだろうか。話が変わってくるのではないだろうか。と、スライムは考えた。

他の魔物が助けてくれる……×

理由：そんな都合のいい話はない。

突如地震が発生し、オーガが地割れで死ぬ……△
理由：地震は起きるかもしれないが、地割れが発生するほどの規模の地震などめったにない。また、
　都合よく地震が起きてくれる確証もない。
突如火災が発生し、オーガが一酸化炭素中毒を起こす……×
理由：火気が周りにないから。
人間が訪れ、オーガを倒してくれる……×
理由：そんな都合のいいことは起きない。仮に現れたとしても、その後に自分も倒されることは明
　白である。

スライムは思案したが、どれもこれもが非現実的。可能性として一番高いのは地震だが……期待値が低すぎる。いくら自分の運がいいからといっても、都合良く地震が起きてくれるなど……期待しない方が良いだろう。と、スライムは絶望した。

となると、もう……生存は不可能だ。何をどうやっても、自分はオーガに殺される。どう足掻いても、絶望しか待ち受けていない。これまで約1年、必死に生きてきたが……ついにここまでか。などと、スライムは諦観していた。

「オガァアアアア!!」

ついにそのときはやってきた。オーガが棍棒を振りかざしてきたのだ。

「ピキ……」

スライムは全身の力を抜いた。せめて痛くないように、全力で脱力したのだ。スライムには痛覚がないため痛みなど感じないのだが、本能的にそのような行動を取ったのだ。

「オガァアアアア!!」

オーガは棍棒を振りかざしてくる。

ついにここまでか、短い人生だった。

スライムは迫りくる棍棒に、諦めたかのように嘆息を吐いた。

「――上級の火炎砲《バースト・ショット》」

刹那、スライムの肌に熱が伝わった。

一体何が起きたのか、スライムには理解できなかった。

ひとつだけわかったことがあるとすれば――

「オガッ……」

目の前でオーガが倒れた。皮膚は燃え尽き、炭化している。その様子から、完全に息絶えていた。

「へぇ、こんなところにオーガがいるなんてな」

「待って、奥になんかいるよ」

「ん、なんだあれ?」

オーガをこんな姿にしたのは、ふたりの人間の男たちだった。そしてそんな男たちが、自分に近付いてくる。スライムは逃げるべきであると理解していながらも、動くことができなかった。腰などないが、腰を抜かしてしまったのだ。

「あ、スライムだね」

「へぇ、ザコだな」

「そんなことないよ。成長したスライムによって、国が消えるって話はよくあるだろ？　スライムだって成長すれば、最強クラスになれるんだ」

「だったら、ここで殺すべきじゃねェか？」

スライムには人間の言葉が理解できた。声を出せるだけではなく、頭脳も他のスライムに比べると発達していたのである。

……いや、仮に人間の言葉が理解できなくとも、自分の状況は理解できたであろう。ひとりの人間が剣を抜き、自分に迫っている状況は……どう考えてもマズい。

「待って。俺、コイツと話がしたい」

「……仕方ねェな。譲ってやるよ」

「ありがとう」

ひとりの男が、スライムに迫ってくる。

不思議と、スライムは怯えていなかった。先ほどから緊張のしっぱなしで、警戒することに疲れたのか、あるいは男が醸し出す柔和な雰囲気がスライムの警戒を解いたのか。それは誰にもわからない。

ひとつわかることがあるとすれば、スライムは男の次の言葉を待っていた、ということだ。どんな言葉が紡がれようとも、スライムはその言葉に従おうと考えていた。オーガに迫られた時点で、自分の命は既に終わっていた。だったらここで人間共に倒されようとも、少しでも寿命が延びただけで御の字だ。と、潔くスライムは考えていた。

そして、男は語りだす。

「ねぇ、俺の仲間にならないか？」

と、男はスライムに告げた。

「ピキッ……？」

スライムはその言葉の意味が、とても理解できなかった。いや、言葉は理解できる。だが……仲間という概念が、スライムにはわからなかったのだ。

スライムという生き物は、基本的に1匹で育つ。同時期に生まれた兄弟とは意思疎通をはからず、分裂で増えるために繁殖行為も行わない。孤高のまま人生を終わらせるのだ。そのために、仲間という概念はスライムには存在しなかった。

「どう、かな？」

男はスライムに対して、手を伸ばす。

スライムはこの手を突っぱねようと、一瞬考えた。だがしかし、この男の側にいれば……命の安全は多少は保証されるとも考えた。

しばらく考え、スライムが出した答えは——

「ピキーッ!!」

スライムはその手を、自身の体で包み込んだ。仲間になることを、快諾したのだ。

◆

こうして、スライム――ルルとアルガは出会った。自身の命を助けてくれたアルガに対して、ルルは感謝している。

この先どんなことがあろうとも、ルルはアルガを裏切らない。命の恩人を裏切るなど、そんなことをルルはしない。絶対に。

番外編 × その2 ララの場合

ドラゴンという生き物は、卵から生まれる。

そして多くの爬虫類《はちゆうるい》がそうであるように、ドラゴンの親は子育てをしない。適当な場所に卵を産んだのちに、親はその場を離れるのだ。

その間に他の生物に卵の殻を破られ、中身を食われることも多い。運良く孵化できても、その瞬間を狙ってきた他の生物に捕食されるからだ。ドラゴンという生き物が希少であるが所以は、ひとえに生誕の困難さや幼少期の死亡率の高さにある。最強のイメージが強いドラゴンであっても、幼少期は決してそうではないのだ。

そしてここに、1匹のドラゴンが生誕した。

◆

「ドラァ？」

卵から孵ったそのドラゴンは、辺りを見渡した。鬱蒼《うつそう》とした木々が日光を遮り、辺り一面が薄暗い。さらに自分がいる地面はジメッとしており、いくつもの虫が闊歩《かつぽ》している。

そのドラゴンは知る由《よし》もないが、ここは『ダイジュ森林』と呼ばれる巨大なジャングルだ。危険度

SSS級の場所であり、生まれたばかりのドラゴンが1匹で生きるには、いささか厳しい場所である。

「ドラァ！」

ドラゴンは好奇心旺盛な生き物である。そしてそれは、このドラゴンも例外ではない。

そのドラゴンはテクテクと道なき道を歩んだ。巨大な木々が道を妨げようと、太いツルが歩みを邪魔しようと、地べたを這いずる虫を踏みつけながら、そのドラゴンは歩んだ。

「ギギギッ!!」

歩きづらい中、なんとか適当に歩くこと10分。前方に1匹の魔物を発見した。

そこにいたのは100センチほどの、巨大なイモムシ。そのドラゴンは知る由もないが、種族名は『ジャイアントキャタピラー』という。

苦手な人が見れば卒倒するであろうジャイアントキャタピラー。それを見たドラゴンは、ヨダレを垂らした。生誕してから約10分。腹が減ったのである。ドラゴンという生き物は元来大食漢《たいしょくかん》であるため、たかが10分程度の散歩でも空腹を覚えてしまうのだ。エネルギー消費の激しい生き物なのである。

「ドラァ!!」

ドラゴンは雄叫びを上げた。子どもとはいっても、ドラゴンはドラゴン。勇ましい叫びである。

「ギギギッ!!」

そしてそんなドラゴンの叫びに対して、ジャイアントキャタピラーも応えた。醜悪《しゅうあく》な眼光でドラゴンを見つめる。

両者睨み合うこと10秒ほど。最初に動いたのは、やはりドラゴンだった。

「ドラァ!!」

再度雄叫びを上げて、ドラゴンは駆けた。

拳を握り締め、ジャイアントキャタピラーに殴りかかる。

「ギギギッ!!」

だがジャイアントキャタピラーもバカではない。生まれて間もないドラゴンの攻撃を受けてやるほど、優しくはないのだ。

ジャイアントキャタピラーはドラゴンの攻撃を難なく避け、反撃とばかりに体当たりを繰り出してくる。

「ドッ!?」

ジャイアントキャタピラーの体当たりが直撃。だが幸いにも、ダメージは少ない。幼子とはいえ、最強の生物ドラゴン。その堅牢なウロコはイモムシのブヨブヨの体如きではほぼノーダメージだ。

逆にジャイアントキャタピラーのブヨブヨの体は、少しばかり裂かれてしまった。赤子の肌よりも柔《やわ》なイモムシの皮膚には、ドラゴンの強固なウロコは固すぎたようだ。体当たりをしてしまったがために、いくつかの裂傷《れっしょう》を負ってしまっている。

「ドラァ!!」

「ギギギッッッ!!」

ダメージ量ではドラゴンの方が有利。

戦闘の経験値では長く生きている分、ジャイアントキャタピラーの方が有利。

両者の条件はほぼ互角。少なくとも、今のところは。

「ドラァッ!!」

ドラゴンはまたしても、殴りかかってきた。

「ギギギッッッ!!」

ジャイアントキャタピラーも同様に、またしても避ける。だが——

「ドラッ!!」

ドラゴンの攻撃はフェイントであった。

殴りかかることを途中でやめ、その場で一回転。そのまま——尻尾で攻撃を仕掛けた。

「ギギギッ!?」

ドラゴンの攻撃のリーチはパンチよりも長く、攻撃を避けようとしたジャイアントキャタピラーにも命中してしまう。グジュッという何かが潰れるような音がジャイアントキャタピラーの内部から響き、ジャイアントキャタピラーは少し吹き飛ばされた。

「ギ、ギギギ……ギッ!!」

臓器がひとつ潰れたのか、ジャイアントキャタピラーは満身創痍《まんしんそうい》だ。かなり弱っている様子で、なんとか精一杯相対している様子。

ドラゴンの攻撃はどれをとっても、ジャイアントキャタピラーには致命的だった。幼子とはいえ、ドラゴンなのだ。イモムシの柔肌を容易く貫通するほどの攻撃力は備えている。

「ドラァ!!」

弱っているジャイアントキャタピラーに対して、吠えるドラゴン。その行動の意図としては威嚇、あるいは挑発だろう。

「ギギギッッッ!!」

挑発に乗ったのか、ジャイアントキャタピラーは駆けて来た。満身創痍の体を引きずるように、あまりにも鈍重《どんじゅう》な速度でドラゴンを狙う。

「ドォ――――」

対してドラゴンは、大きく息を吸い込む。

そして――

「――ラァッ!!」

火球を放った。

「ギ、ギギギッ……」

火球はジャイアントキャタピラーに見事命中。そのままジャイアントキャタピラーの柔肌を焼き、ジャイアントキャタピラーは息絶えた。

「ドラァアアアア!!!!」

そのドラゴンにとって――生後10分にして初勝利だった。

「ドグッ……アグッ……」

モチャモチャグチャグチャと、ドラゴンはジャイアントキャタピラーを食べていた。食べ方は汚いが、自然界にはテーブルマナーなどないため、ご愛嬌だ。

ジャイアントキャタピラーの柔肌を、鋭利な牙で裂きながら捕食するドラゴン。見た目こそイモムシのソレなためグロテスクだが、一心不乱に食べるドラゴンの姿からどこかおいしそうに見えてくる。ジャイアントキャタピラーの肉も同様で、緑色の血が滴っており若干気持ち悪いが、おいしそうにドラゴンが食べるために不思議と食欲がそそられてくる光景である。

ジャイアントキャタピラーは1メートル以上ある巨大なイモムシなので、ドラゴンは食べ終えるまで時間がかかる。成長さえすればジャイアントキャタピラー程度ひと口で食べられるのだろうが、今のドラゴンはまだ未熟な赤子だ。背丈も70センチほどしかないため、1メートルもあるジャイアントキャタピラーをひと口で食べることはできない。

皮膚や肉、内臓をモチャモチャグチャグチャと食べるドラゴン。その時間は約10分続いた。

「ドゲフゥ……」

10分後、ジャイアントキャタピラーを捕食し終えたドラゴンは、大きくゲップをした。

そして次の瞬間、その体が激しく光り輝きだした。

「ど、ドラッ⁉」

自らに起きた変化が理解できないドラゴン。人間だって自分の体が発光すれば慌てるのだから、それはドラゴンも同様であった。

「ド、ドラァアアア⁉」

そして光はさらに激しさを増す。

約10秒後、その光は晴れた。

「ド、ドラッ……？」

そこにいたのは、先ほどまでのドラゴン……とは違い、勇ましく変化したドラゴンの姿があった。

漆黒に染まった、全身を覆うウロコ。爪や牙はさらに鋭く、尻尾は針のようになり、全体的に大きくなった。そう、進化したのだ。

「ド、ドラァアアアアア!!」

ドラゴンは雄叫びを上げる。

本能的に強くなったことを悟ったのか、それは歓喜の咆哮であった。進化したことに対しての、喜びの咆哮であった。

「グルルルル……」

そんな雄叫びに呼応するかのように、1匹の魔物がどこからともなく現れた。白銀の毛を持つ、『ホワイトベア』だ。

「ドラァアアアアア!!」

「グルァアアアアア!!」

2匹の魔物はお互いを視認《しにん》した途端、戦闘態勢をとった。ドラゴンはつい先ほど進化したばかりだというのに、それもお構いなしに臨戦態勢をとった。戦い強くなること、それこそが魔物の本懐であるとでもいうように。

「ドラァアアアアア!!」

「グルァアアアアア!!」

2匹は戦う。

殴り、殴られ。蹴り、蹴られ。噛みつき、噛みつかれ。攻防は激しく、鮮血が舞う。

ドラゴンは2メートル、ホワイトベアは5メートル。体格差ではホワイトベアの圧勝であるが、体格だけで勝敗が決まるほど自然界は甘くない。

ホワイトベアの強靭な拳は、進化してより堅牢となったドラゴンのウロコにはあまり効かない。対して、ドラゴンの鋭い攻撃はホワイトベアの毛皮を裂く。舞う鮮血のほとんどが、ホワイトベアのものであった。

「グルァアアアアアア!!」

だがホワイトベアはタフな魔物であった。

薄皮が裂かれた程度では、決して怯まない。むしろ自身の血が流れるほどに、興奮してくる。より攻撃が過激さを増す。

「ド、ドラッ!?」

過激さを増したホワイトベアの攻撃はどれも重く、堅牢なウロコを誇るハズのドラゴンにさえもダメージを与える。血こそ流れないが、攻撃の衝撃が内臓を打つ。如何にドラゴンであっても内臓は鍛えられないため、ドラゴンは吐きそうになりながらも耐えていた。生後20分、ドラゴンにとって実質竜生初のマトモなダメージである。

「ドラァアアアアアア!!」

普通の生物はダメージを受けると、必ず怯む。だがドラゴンやベア系といった一部の魔物は、そうではない。このドラゴンも例外ではなく、ホワイトベア同様にダメージを負うごとに興奮して攻撃性が増していった。ドラゴンとホワイトベア、全く別の種族である2匹だが、その特性は奇《く》しくも似ていたのだ。

「ドラァアアアアアア!!」

ドラゴンが尻尾を振るう。

「グラァアアアアアア!!」

ホワイトベアはそれを避け、カウンターとばかりに拳を振るう。

「ドラァアアアアアアアア!!」

戦いに慣れてきたのか、ドラゴンはそれを避ける。そして軽く飛翔をして、空中から噛みついてくる。

「グルァアアアアアアアア!!」

ホワイトベアはその攻撃が避けられず、右腕でガード。ドラゴンの鋭い牙が刺さって負傷するが、お構いなしと左の拳をドラゴンの腹にお見舞いする。

「ドラァアアアアアアアア!!」

ホワイトベアの攻撃を喰らうも、ドラゴンは口を離さない。ホワイトベアの腕に噛みついたまま、口内に炎をチラつかせた。そう、ドラゴンの花形――ブレスである。

「ドラァアアアアアアアア!!」

「グルァアアアアアアアア!?」

ドラゴンから放たれたゼロ距離のブレスが、ホワイトベアの腕を燃やす。タフなホワイトベアもこれは耐えきれなかったようで、思わず腕を振り回した。すると、スポッという音とともに、ドラゴンに噛みつかれていたハズの腕が抜けた。

「グ、グラァ？　……グラァアアアアア!?」

ホワイトベアは現実を直視してしまった。ブレスが直撃した腕が炭化して、もげてしまっていることを。もげた腕をドラゴンが咀嚼していることを。

「グラァアアアアアアアア!!」

腕を失い、悶えるような痛みを感じているが、そこはタフな魔物。すぐに怒りのまま、戦闘態勢をとった。

「ドラァアアアアアアアア!!」

ドラゴンは再度、ブレスを放つ。1000度を超える灼熱が、再びホワイトベアを襲った。

「グラァアアアアアアア!!」

だが今度はゼロ距離ではない。ホワイトベアは冷静に攻撃を避ける。そして一気に距離を詰め、ドラゴンの顎に強烈なアッパーを仕掛けた。

「ドルァ……!?」

ブレスを放っている最中のアッパーカットは強烈で、強制的に口を閉ざされたことによってドラゴンの口内で暴発が起きる。如何に強力なドラゴンとはいえ、1000度を超える炎の暴発によって多少ダメージを負ってしまう。

「ドルァッ……!!」

「グルァ……!!」

ドラゴンは口内から多少の出血。口内炎は避けられないだろう。ホワイトベアは右腕の欠損。および全身の打撲多数、出血多量。

ダメージはとても比較にならない。次の一手で戦いが終わることを、両者は自覚していた。

ドラゴンは攻撃が当たれば、無事に勝利。

ホワイトベアは……なんとか乗りきれば、逃げることができるだろう。

「ドォオオオオオ——ラァアアアアアアア!!」

「グラァアアアアアアアアアアアア!!」

ドラゴンはこれまでの比較にならない、爆発的なブレスを放つ。木々を燃やし、地面を焦がすそのブレスは、触れる者を皆焼き尽くすほどの火力が備わっていた。

「グラッ——」

ホワイトベアはそのブレスを避け——

——られなかった。

「……グラッ」

凄まじい火力によって、半径100メートルが火の海と化す。その中心にいるドラゴンとホワイトベアは——

「……ドラァアアアアア!!」

ドラゴンは吠える。己の勝利に歓喜を覚えて。

「……」

ホワイトベアは……死んだ。強烈なブレスを避けることができなかったため、灼熱に燃やし尽くされたのだ。全身が炭化して、息絶えた。

「ドラァアアアアア!!」

ドラゴンは再度吠える。

勝利をどこまでも、いつまでも噛み締めながら。

◆

それから数年後、ドラゴンはさらに進化していた。

「ドラァアアアアア!!」

ジャングルの数々の魔物と戦い、レベルアップと進化を繰り返した。結果、ドラゴンは今、ジャングルの中で最強クラスの実力を手に入れていた。

背に生えた10メートルを超える翼は、羽ばたく度に暴風を起こす。四肢は太く、振るうだけで地を割る。鋭い牙は厚さ3メートルの鉄板を貫き、そのブレスは火山の噴火にも匹敵する威力。その巨体は今や20メートルを優に超え、さながら大怪獣といっても差し支えない見た目となっていた。

「ドァァアアアアアアアア!!」

吠えるドラゴンを見て、周りの魔物は怯えている。その中にはかつての宿敵であるジャイアントキャタピラーやホワイトベアの姿もあった。数年の間でかつての宿敵たちは、ドラゴンに手も足も出なくなってしまった。今やドラゴンは広大なジャングルに、ナワバリを持つほどになったのだ。そのナワバリ内では敵がいなくなるほど、ドラゴンは強く成長したのである。

だがしかし、これほどまでに強くなったドラゴンだが、まだジャングル最強の座には君臨していない。このジャングルの王にはなっていないのだ。今はただ、ちっぽけなナワバリの中で最強なだけの、井の中の蛙に過ぎないのだ。

このジャングルには、3匹の王がいる。

1匹は島を引っ張ったという伝説のある、『グレートコング』。

1匹はこのジャングルを作り上げたという、『エンシェントウルフ』。

1匹は存在するだけで周りのモノの生命を奪う、『シュバルツドラゴン』。

3匹の実力は拮抗しており、故に3匹の王が存在するのだ。そしてこの3匹のうちの1匹を倒して、初めてジャングルの王に君臨できるのだ。

だがこのジャングルができて、早数千年。3匹の王は他の者に王座を受け渡したことは一度もなかった。幾度も挑戦者は現れたが、全てを返り討ちにしてきた。そう、数千年もの間『最強』であり続けたのだ。

「ドラァアアアアア!!」

ドラゴンは羽ばたき、その場を後にした。

ついに動きだしたのだ。このジャングルの新たな王になるべく。ドラゴンは井の中の蛙ではあったが、大海は知っていたのである。

そしてドラゴンは、狙いを定めた。討つべき相手に向かって、一目散に空を駆けた。

ドラゴンが狙った相手、それは——

◆

数分後、ドラゴンはその敵の前に立ち塞がった。そして深紅の眼光を、その敵に向けた。

「ドラァアアアアア」

「……グッ」

ドラゴンは吠えるが、その敵は意に介さない。小さく吠え、そして睨むのみだ。体勢を崩さず、横たわったまま。

「ドラァアアアアア」

「……グッ」

ドラゴンは再度吠える。

そして敵は、ようやく起き上がった。

あまりにも面倒くさそうに、また王の座を奪おうとバカがやってきた、と言わんばかりの態度で。

「グゥ……」

その王は、巨大だった。

20メートルを超えるドラゴンが、まるで子どものように見える巨躯《きょく》。50、いや60メートルは超える身長を誇っている。

容姿はまるでゴリラを巨大化させたような、シンプルな見た目をしていた。だが毛色は金色で、どこか神秘的である。

60メートルを超える、巨大なゴリラ。そう、彼こそがジャングルの王の1匹、グレートコングである。

「グゥ……」

「ドラァアアアアアアアアアア!!!!」

ドラゴンはブレスを放った。

それは数年前とは比べ物にならない威力であり、万物を融かすほどの火力を誇っていた。如何にジャングルの王といえども、このブレスを喰らってしまえば――

「グラァアアアアアアア!!」

炎をかき分け、グレートコングがドラゴンに拳を振るう。拳が迫ることにドラゴンは気付いたが、時既に遅し。

「ドッ――!?」

巨大な拳が直撃したドラゴンは、数キロメートルほど吹き飛ばされる。木々を薙ぎ倒しながら、地面で何度もバウンドしながら、吹き飛ばされる。

「ドラッ……」

だがしかし、意外にもドラゴンのダメージは少なかった。数年間鍛え続け、レベルが上がったドラゴンは、尋常ではないほど頑強になっていたのだ。

「ドラッ!!」

そして羽ばたき、一瞬でグレートコングのもとへと戻った。

「グラァアアアアアア!!」

ドラゴンを視認したグレートコングは、吠える。その腕は毛が所々焦げており、少しばかりヤケドしているように窺えた。

この数千年、グレートコングにダメージを与えた者など存在しなかった。3匹の王の中でも、グレートコングは防御力の面では最強に君臨していたのだ。

故に数千年ぶりのダメージ。この事実にグレートコングは深く興奮した。久方ぶりに楽しめそうだと、深く感じた。

「グラァアアアアアアア!!」

「ドラァアアアアアアアア!!!!」

2匹は吠える。

その轟きを聞いた者は、全員が思った。「今日、ジャングルの歴史が変わる」と。

「ドラァアアアアア!!」

「グラァアアアアア!!」

ドラゴンとグレートコングの激しい戦いが始まった。

ブレスを放つドラゴン、毛皮を焦がしながらも殴りかかるグレートコング。直撃してもダメージの少ないドラゴン。再度殴るグレートコング。

攻防は激しく、両者ともに微細なダメージが積もっていく。だが互角ではない。よりダメージが多いのは、ジャングルの王であるグレートコングであった。

「グラァアアアアアアア!!」

如何にタフな魔物であっても、炎に向かって連続で直撃してしまえばダメージは隠しきれない。オマケに、かつては島を引いた腕力で殴っても、ドラゴンはピンピンしている。

いつまで殴っても相手は倒れず、自分だけがダメージを負う。そのいずれは自分が負けるであろう結末に、グレートコングは怯えていた。王者だというのに、この挑戦者に戦慄《わなな》いていた。

挑戦者の登場には歓喜したが、今の地位を崩すことは嫌だった。故にこの戦い、グレートコングは負けるわけにはいかなかった。

「グラァアアアアアアアアアア!!」

グレートコングは殴る、殴る、殴る。まるで幼児のように、必死に。

「ドラァアアアアアアアアアアア!!」

ドラゴンは容赦しない。ブレスや噛みつき、引っ掻きなど数年でさらに強力になった武器で、グレートコングを攻撃する。毛皮を焼き、毛皮を裂く。如何に強靭なグレートコングであっても、強力なドラゴンの攻撃によってダメージが蓄積されていく。

「ドラァッ!!」

ドラゴンはグレートコングの腕を掴み、そのまま羽ばたいた。上空に、天空に、徐々に徐々に浮かんでいく。飛翔を続ける。グレートコングを掴んだまま。

「グラッ!?」

グレートコングは暴れるが、ドラゴンは決して離してくれない。空を飛べないグレートコングにとって、地上を離れるという経験は初めてだった。

青い空は近くなり、木々は離れていく。その事実がグレートコングに、深い恐怖を感じさせる。知能の高いグレートコングに思わさせる。「このまま落とされれば、自分はどうなってしまうのか」と。

そして非情なことに、そのときは訪れた。

「ドラッ!!」

ドラゴンがその手を離した。

グレートコングは、落ちていく。

「グ、グラァアアアアアアアアア!?!?」

グレートコングは考えていた。ここから助かる方法を。数千年で蓄えた叡智《えいち》を捻り出し、必死に考えた。

だが――答えは出なかった。

「グッ――」

グチャッという音、そして地面を揺るがす振動。それがジャングル中に響いた。

「ドラッ……？」

羽ばたきながら優雅に地上に降り立ったドラゴンは、地面に突っ伏すグレートコングを確認する。

慎重に、警戒しながら。

そして――彼は息絶えていることを確認した。

「ド、ドラァアアアアア!!」

その瞬間、ジャングルの王が変わった。

新たな王が誕生したのだ。

◆

それから数日が経ち、様々なことが起きた。まず初めに、エンシェントウルフがドラゴンのもとを訪れたのだ。

ドラゴンはエンシェントウルフが来るとすぐさま戦闘態勢をとったが、彼は「話がしたい」とドラゴンに告げた。

エンシェントウルフ曰く、自分を倒すことはオススメしない、とのことだ。自分はこのジャングルを創造した存在。故に自分を倒してしまえば、ジャングルは滅びる。それは多くの生き物の死を意味する。と、ドラゴンに優しく語った。そしてドラゴンもまた、その言葉が偽りのないものであることを理解した。このウルフを殺したところで、利点は皆無であることを理解したのだ。

話を終え、静かに去っていくエンシェントウルフをドラゴンは静かに見送った。

エンシェントウルフが訪れた次の日、新たな来訪者が訪れた。漆黒のウロコを持つドラゴン、シュバルツドラゴンだ。

シュバルツドラゴンはドラゴンに対して、静かに語った。「己と交尾をしないか」と。

ドラゴンという生き物も、基本的に強い子を残したがる傾向がある。ジャングルの王である2匹、その子ども。断る理由はない。ドラゴンは人間のように、恋愛感情を持つことはあまりないのだから。

ドラゴンはその誘いを承諾した。そしてシュバルツドラゴンと交尾を行い、ひとつの卵を授かった。

そう、このドラゴンはメスなのだ。そしてドラゴンはその卵を、その辺に産み落とした。そしてすぐさま、その場を去ったのだ。もう二度と、自らの子に会うことはないだろう。

◆

「ダイジュ森林は相変わらず鬱蒼としていて、蒸し暑くて……萎えるな」

「めんどくせェ……さっさと依頼を終わらせて、さっさと帰ろうぜ」

その日、このジャングルにふたりの人間が訪れた。ふたりは道なき道を歩み、文句を垂れている。湿度が高く、虫は多い。おまけに道なんてないため、とても歩きにくい。そんなジャングルなので、都会で暮らす彼らにとっては文句が次から次へと漏れ出てくるのだ。

「しっかりしろよォ、こんなジャングルの中から探すって、中々キツいんじゃねェか?」

「いや、ジャイアントキャタピラーは案外どこにでもいるらしいから、すぐに見つかると思うぞ」

「ホントかよ……。俺、このジャングルを5時間も歩いてんだぞ……」

「盛りすぎだ。たったの10分ほどしか歩いていないぞ」

「マジか……こんなクソ暑いし虫も多いから、時間の感覚が狂っちまうな……。さっさと帰って、女と寝てェよ……」

「……動物みたいだ」

「あぁ? なんか言ったか?」

「ううん、なんにも」

「……ちッ」

「……ハァ」

文句を言い、帰ったら女と寝る、という本能に従って生きているようなこの男を、もうひとりの男が蔑んでいた。普段はここまでギスギスした関係ではないのだが、ジャングルという劣悪な環境がふたりの仲を悪くさせていた。さっさと討伐対象のジャイアントキャタピラーを討伐しなければ、近いうちにパーティ解散をしてしまうことは明白だ。

その後もふたりは文句を垂らしながら、ジャングルを歩む。さらに約10分が過ぎたころ、ようやく彼らは発見した。

「あれは……ジャイアントキャタピラーだ!!」

「よっしゃァ!!　さっさと終わらせるぜ!!」

「あ、ちょっと!!」

男のひとりが相談もせずに駆け、そのままジャイアントキャタピラーの首を両断した。

「もぉ、相談しろよ。俺たちはパーティなんだぞ?」

「うっせぇな。倒したんだから、別に構わねェだろ?」

「それは結果論であって……ん?　このジャイアントキャタピラー、何かが腹にあるな」

狩ったジャイアントキャタピラーは、腹部が異様に膨らんでいた。そのことに、男のひとりが気付いた。

「裂いてみよう」

「あぁ、そうだな。宝物かもしんねェもんな!!」

そう言って、男はジャイアントキャタピラーの腹部を裂く。そこにあったのは――

「……卵?」

拳ほどの大きさを持つ、卵がそこにあった。

「なんだよ、つまんねェな」

「い、いや……これ……ドラゴンの卵だ!!」

「……はァ!?　ど、ドラゴンの卵だと!?」

「す、すごい!!　これを育てれば……俺たちは最強になれるぞ!!」

「最高だな!!　最強!!　良い響きだ!!」

こうして、男――アルガは、後にララと呼ばれるドラゴンとの出会いを果たしたのである。

番外編 × その3　リリの場合

ウルフという生き物は、群れで生活をする。親は子が大きくなるまで面倒を見て、そして成長した子は老いた親の面倒を見る。さらに他の群れと合体して、群れを大きくしたりもする。あまりにも群れが大きくなると、いくつかのメンバーが群れから離れる。そうやって、ウルフたちは暮らしていた。

そんなウルフの群れのひとつに、悲劇が起きた。人間が襲ってきたのだ。ウルフの毛皮は高く売れる、故に人間共はウルフを狩りに来たのだ。そう、その日——そのウルフの群れは滅んだ。たった1匹の例外を残して。

◆

「げっへっへ、ウルフのガキの捕獲に成功だなんて、運が良いよなァ」

「げっへっへ、まったくだぜ。俺には何がいいかはわからんが、金持ちは全員欲しがっているからなァ」

馬車を運転しているふたりの男が、下品な笑いと共にそう語る。そんな馬車の中には、小さな子どものウルフがいた。前脚は鎖で動けなくされ、口はロープで縛られている。そう、先ほどこの男たちが滅ぼしたウルフの生き残りである。

「……ひどいことするよね」

　と、ウルフに話しかけてきたのは、ひとりの少女。ボロの布切れを羽織り、顔には打撲の跡が痛々しく残っている。手錠と足枷によって四肢の自由を奪われており、マトモに動くこともままならなそうだ。

「クーン……」

「アイツらはね、最低な連中なの。魔物を襲ったり、平和な村を襲ったり……クズばっかなのよ」

「まったくだぜ」

　馬車の中には、少女のようにボロを着せられ、四肢を縛られた人が大勢いた。彼らも少女が語るように、男たちに襲われた者たちである。

「アイツらはある日、俺たちの村にやってきて……全員を殺しやがった!!」

「娘が……妻が……アイツらに殺されたんだ!!」

「僕のお母さんが……お父さんが……!!」

「最低な連中だ。奴隷を集めるために、平和な村や魔物を襲う……クズだ」

　彼らを襲った男たちは奴隷商である。正確には奴隷商が雇った、専用の業者である。村や魔物を襲い、奴隷を調達するのだ。

　襲うことを専門としているため、彼らの戦闘力は高い。平和な村の狩人如きでは手も足も出ないほどに、彼らは強かった。故に為《な》す術もなく、ここにいる者たちは捕まってしまった。目の前で村が焼かれ、家族や友人、恋人を殺されてしまったのだ。

「誰か、誰でもいいから……アイツらに天誅を下してくれねェかな……」

「そうだ、アイツらは……今すぐ死ぬべきだ!!」

「いや、アイツらだけじゃねェ!! アイツらに依頼をした奴隷商も同じように、死ぬべきだ!!」

「クソ……本当に……誰でもいいから、アイツらを……!!」

ヘイトが溜まる。大切な人を殺され、故郷を滅ぼされたのだ。それは当然のことであった。

「……ねぇ、みんな!! わたし、みんなのことを知りたいな!!」

「あ? 何を言って――」

「だって、ただ不満を募らせても……どうしようもないじゃない!! 少しくらい楽しくならないと、やっていけないじゃない!!」

少女の言葉は正しかった。現状に不満を持っても、それを発散しても、何も生産性がない。

それに、これから奴隷として売られる彼らは、今後一切の娯楽が許されないだろう。仲間同士で語り合うという楽しみさえも、与えられないだろう。

故に全員が、賛成した。少女の案に。

「じゃあ、まずはわたしから話すね。わたしは――」

少女は語りだす。これまでの人生を。

◆

その少女はかつて、小さな村に住んでいた。人口は数十人ほど、大陸のハズレにある小さな村だ。村は貧しかった。土地は痩せており、農作物は豊かに収穫できない。狩りを行うにも周辺に生息する生物はどれも強力で、なかなか狩りを行うこともできない。故にその村に住む人々は近くの川で釣りをするか、痩せた農作物で飢えを凌いでいた。

そんな貧しく、決して大当たりとは言えない村に住んでいた少女だが、それでも少女は幸せだった。大好きな両親は健在であり、数人ほどではあるが同世代の友人もいる。そしてそのひとりに、少女は恋をしていたからだ。

「おい、サーニャ。あっちに行こうぜ」

と、ひとりの男の子が少女に声をかける。手には木の枝を掴んでおり、どこかワンパクな雰囲気が漂う、年齢は6歳ほどの少年だ。

「あ、危ないよ……」

「バーカ、危険を冒してこその冒険だろ?」

「か、カッコいい……」

恋は盲目。少年が意味不明なことを言おうとも、少女はそれに恋をするようになっていた。

「で、でも……本当に危ないよ? 裏山に行くなって、パパとママも言っていたし……」

「親の言うことだけを信じて生きていても幸せにはなれねェって、じっちゃんが言っていたぜ?」

「か、カッコいい……」

無論、ウソである。少年には祖父に該当する人物などいなかった。

「それじゃあ、さっそく行こうぜ」

「う、うん……！」

若干の恐怖を抱きながらも、好きな少年と共に出かけられるという事実が嬉しい少女。ビクビクとドキドキを携えながら、少女は少年と共に〝禁忌〟と謳われている裏山に向かった。

◆

「何もなかったな」

「うん……そうだね」

裏山が〝禁忌〟と謳われていたのは、何千年も昔の話だ。かつて裏山に生息していた魔物は封印され、そして封印中に息絶えた。それも何百年も前に。故に裏山は今、全く危険ではなくなっていた。

「期待外れだな。つまんねェの」

「……わたしは楽しかったよ」

「あぁ？　なんでだよ」

「……ヴェルディくんと一緒に……冒険できたから」

少女は勇気を出して、そう告げる。一種の告白のような言葉を。

「ば、バッカ野郎!!　そ、そんな……よくそんな恥ずかしいことを言えるな!!」

「……うぅ、ご、ごめんね。そ、そんなに怒らないでよ……」

「ち、違う!!　怒ってなんかない!!　……あぁ、クソ!!」

「？」

「……俺も一緒だ。お前と一緒に冒険できて、楽しかった。なんもなくて期待外れだったのは事実だが、つまらないっていうのは……ウソだ」

「え、それって……」

「……これ以上言わせるな」

少女と共に冒険できて嬉しかった、と少年は言いたいのである。そしてその言葉の真意を理解した少女は、歓喜した。自分と少年がお互いに、同じ想いを抱けたことに。

「えへへ、わたし……嬉しぃ!!」

「……ちッ、恥ずかしぃな」

桃色の雰囲気を醸しながら、ふたりは下山した。そして彼らは、信じられない光景を目の当たりにする。

「村が……燃えている……!?」

◆

「お母さん!!　お父さん!!」

「待て!!　誰かいる!!　隠れろ!!」

燃える村に向かい、一目散に駆けるふたり。少年は村に数人の男がいることに気が付いた。それも見たことのない格好をした、謎の男たちが。

「ぐへへ、この村にはなんにもねェなァ」

「歯向かってくる連中も弱ェし、女は痩せさらばえている。豊満なボンキュッボンじゃねェと、性奴隷として価値がねェのによォ」

「まったくだぜ。俺たちが犯すにしても、こんなガリガリモヤシじゃ興奮しねェぜ」

男たちは世紀末のような恰好をしていた。そう、彼らこそが奴隷商の使いである盗賊軍団だ。彼らは奴隷を調達すべくこの村にやってきて、暇つぶしに村に火を放ったのである。

「ガキを奴隷にするにしても、コイツら全員ナマイキだったからなァ。全員死んだんだけどな!!」

「ガハハ!!　楽しかったよなァ!!　ナマイキなガキを1匹1匹と殺すのは!!」

「あれだけナマイキなガキが次第には「ママ〜!!　助けて〜!!」なんて泣き喚くんだから!!　滑稽だったな!!」

「もっとガキいねェかなァ……ん?」

下品に笑う男たち。そのうちのひとりが周りを見渡し、少女たちに気付いた。

「なんだァ、いるじゃねェか……!!」

ノスノスと男は少女たちに迫る。

「ま、マズい!!　アイツ、気付きやがった!!」

「お母さん……お父さん……」

「バカ!! 逃げるぞ!!」

両親が死んだショックで動けない少女。そんな少女を担いで、少年はその場を立ち去ろうとするが……。

「遅ェな、少年よォ……」

残念なことに、既に遅かった。

「おいお前らァ!! ガキがまだいたぞォ!!」

「は、放せ!!」

「お母さん……お父さん……」

「バカ!! いい加減正気に戻れ!! 非常事態だ!! 捕まったんだぞ!!」

少年と少女は捕まってしまった。男のひとりに首根っこを掴まれ、捕まってしまった。

「男はナマイキでクソだが、女の方は……中々に上物だなァ……」

「おいおい、手を出すなよ? コイツは高いんだからよォ」

「わかってるぜ。で、男はどうするんだ?」

「どうするって、こうするしかないだろ」

そう言って、男のひとりがサーベルを取り出した。そして——

「あ」

一閃。少年の首を刎《は》ねた。

「……え？」

両親の死で気が動転していたためか、それともあまりにも一瞬にして初恋の人が殺されたためか、少女は何が起きたのか理解できなかった。だがそれも刹那。少女の脳は次第に、事態を理解し始めた。

「あ、あ、あ……あぁあああああああああああああああああああああ!!!!」

叫ぶ、叫ぶ、叫ぶ。どこまでも、喉が裂けようとも。

「うっせェな……。おらァ!!」

「うッ……」

男は少女の頭を殴り、気を失わせた。

少女が最後に見たモノは、地面に転がる少年の頭だった。

◆

「――以上がわたしの話だよ」

重い。ひたすらに重い空気が流れる。

「嬢ちゃん……大変だったんだな……」

「親も好きな人も殺されて、しかも……それが数日前だってんだからなァ……」

「こんなかわいらしい嬢ちゃんに、そんなトラウマを植え付けるなんて……許せねェよ……!!」

奴隷となった男たちは、憤りを抱く。少女に悲しい思いをさせた男たちを、許せないと思った。そしてそれはウルフも同様であった。人間の言葉の完全な理解はまだ難しい。だがしかし、少女の語る言葉の悲しみや恨み、怒りや憎しみの感情はウルフにも伝わった。やはりこの男たちは許せない、生かしておいてはいけない。そうウルフは思った。

「うん、でも……今は大丈夫だよ。今はだいぶ……落ち着いたから」

「そうか？　それなら……いいんだがよォ」

「それよりも、みんなの話を聞かせてよ!!　わたし、みんなのことも知りたいな!!」

少女は元気にそう告げる。だがこの場にいる全員が、その元気が無理やりのものだということを見抜いていた。

「そうか、だったら俺の話をしてやるぜ!!」

次に語りだすのは、ひとりの無頼漢《ぶらいかん》だ。

◆

その男もまた、村の出身であった。とはいっても、少女と同じ村ではない。立地的には近いが、別の村出身であった。

男には妻子がいた。娘はふたり。上が1歳で下は0歳だ。妻は気は強いが、なんだかんだその男には甘く、夫婦円満な生活を送っていた。

決して裕福ではない。だが決して不幸せではない。夫婦仲が良好であることに加え、周りの人々も困ったことがあれば助けてくれる。困ったことがなくても、助けてくれる。周りの人は優しく、そして彼らは恵まれていた。

子どももスクスクと育っていき、最近は言葉も話せるようになっていた。『パパ』や『ママ』だけではなく、『クマ』や『イヌ』、ちょっと困りどころだが『うんこ』などという言葉も話せるように。近所の子どものせいで余計な言葉も覚えてしまったが、それもまた一興。言葉を覚えるだけで、親としては嬉しいのだ。

妻に恵まれ、子どもに恵まれ、周囲に恵まれ。貧しいが幸せな日々を男は送っていた。こんな日々が毎日続けばいいなと、男は感じていた。それくらい男は幸せであった。

だがそんな幸せは、長くは続かなかった。

猟師であった男はその日、狩りに出かけていた。本日の獲物はクマだ。妻子に腹いっぱい食わせてやりたい。そういう思いから、男は山へと向かった。

そして数時間後、男はクマを狩り、帰還した。そこで男が見た光景は……焼ける村と火炙りにされる妻子の姿であった。

「お、お、お……おぉおおおおおおおおおおおおおおおおお!!!!」

焼死した妻子に向かって、叫ぶ男。何故、どうして、どうしてこんなことになっているのか。何が起きたのか。周りの人々も、同様に死んでしまったのか。自分がもっと早くに帰ってきていれば、こんなことにならなかったのではないだろうか。

絶望、怒り、悲しみ、様々な感情を胸に、男は慟哭した。どこまでも、いつまでも。

だがそんな男の背後には、棍棒を構えた盗賊がいた。

「らァッ!!」

盗賊は棍棒を振りかざしてくる。歴戦の猟師である男は対人の心得も持ち合わせていたが、妻子が死にゆく中で背後の盗賊に気が付く余裕などなかった。

男が最後に見たのは、焔の中にいる妻子の姿だった。

◆

「――と、いうのが俺のこれまでだ」

男が語り終えると、再び重い空気が場に流れる。皆はようやく気付いた。奴隷として拉致された関係上、どう頑張っても明るい話はでない。何をどう話そうとも、これまでの経歴という話では……何をどうやっても暗い話に繋がってしまう。

「それは……つらかったな」

ひとりの男性が重い空気の中、勇気を出して話しかける。それを皮切りに、他の男たちも同様に話しかけてきた。

「同情するぜ……本当によ……」

「お前はスゲェよ。そんなつらいことがあっても、今もこうやって頑張って生きているんだからよォ」

「ガル……」

ウルフに人間の言葉はわからない。だが彼らの気持ちは、理解できた。悲しいという点では、ウルフも一緒だからだ。

ウルフは思った。自分も人間であったならば、彼らと言葉を交わして気持ちをより一層深めあえたのだろうかと。ウルフであることを少しだけ、悔やんだ。少し、ほんの少しだけ、人間になりたいと思った。

だがしかし、ウルフは知っていた。人間はその多くが愚かな生き物だということを。目の前にいる人間は稀有な存在であり、そのほとんどが自分の親を殺した賊のような連中ばかりであることを。下賤で度し難い連中ばかりであることを。

ウルフは首を振った。少しでも人間になりたいと、そう思った自分を恥じた。こんな愚かな種族になりたいと、そう願った自分を蔑んだ。そして深くため息を吐いた。

ウルフは思った。こんな人間ばかりであれば、親は殺されることはなく……自分は今でも野原を駆け回れていたのだろうか、と。鎖に繋がれ、自由を奪われることもなかったのではないか、と。こんな人間ばかりであれば、自分も素直に人間になりたいと願えたのではないか、と。

「しかし……俺たちはどんなヤツに売られるんだろうな」

「人の良いヤツに売られてェな。いたぶることが好きな特殊性癖野郎とかは、絶対に嫌だぜ」

「[redacted]とか[redacted]が好きなヤツとかは、絶対に嫌だからなァ……」

「マジでそれだよな。あと、■■■■■■とか■■■■■■とかも絶対に嫌だよな」

「お、おい……子どもの前だぞ……」

「あ、悪ィ……。ごめんな嬢ちゃん、汚い話題を出して」

「？　いいよ！　よくわからないから!!」

ウルフも少女同様に、言葉の意味は理解できなかった。だがどこか悍《おぞ》ましいとは思った。


と、そんなときだった。

ガタンッと、馬車が揺れる。ゴウッと、馬車の一部が火を上げた。

誰も状況を理解できていない。否、それはこの場にいる人に限った話だ。少なくとも、馬車を運転する賊はそうではない様子だった。

「ま、魔物だァ!?」

と、賊の声が聞こえてきた。

◆

その後、ドドドッと賊が馬車から降りる音が聞こえてきた。無論、奴隷たちは馬車の中に繋がれたままで。

「お、おい……アイツら逃げやがったぞ!!」

「ま、魔物……魔物が出たって言っていたよな!?」

「マズいんじゃねェか？　あそこ、燃えているぞ!!」

馬車の内部の一部が燃えている。今は小さな種火であるが、いずれは奴隷たちのもとへその火がやってくることは明白であった。そしてそれは当然のように、奴隷たちを焦らせた。このままでは死んでしまうと、奴隷たちに焦燥感を抱かせた。

「おいおい、どうする!?　俺……こんなところで死にたくねェぞ!!」

「焼死って苦しいンだろ!?　マジで……死にたくねェよ!!」

「助けてくれ!!　母ちゃぁ——ん!!」

「……仕方ない。力を解放するか」

焦り絶望する奴隷の中、ひとりの男が腰を上げた。その男は屈強であり、また、これまでほとんど会話に参加しなかった寡黙な男であった。

「ふんッ!!」

そんな男が腕に力を籠めると、男の手錠は引き千切れた。なんてことのない、単純なパワーによって男を縛るものは千切れたのである。

「え、お、お前……なんだよ!!　そのパワー!!」

当然、周りの者たちはそんな男に驚愕する。だが男はそんな奴隷たちの疑問には答えずに平然として、奴隷たちを縛る鎖を黙々と次々と千切っていった。

「ここにいればいずれ焼死する。さっさと馬車から出よう」

「あ、答えてはくれないんだな」

「……」

「寡黙だなァ。クールすぎてカッコいいぜ」

「しかし……なんでお前みたいなパワーの持ち主が奴隷として捕らわれたんだ？」

「……」

「黙秘……か。まぁ、人にはひとつやふたつは秘密があるからな。答えなくても、別に構わねェよ」

彼が何故に奴隷に落ちたのか、それは誰にもわからない。だがひとつだけ確実なことがあるとすれば、彼がいなければこの場にいる全員が助からなかったということだ。燃やし尽くされ、未練を残して死んでいたということだ。

寡黙で秘密の多い男だが、この場にいる全員が彼に感謝をした。


そして彼らが馬車から出ると、そこには1匹の魔物がいた。

漆黒のウロコに覆われた巨大なトカゲ。そんなトカゲの姿を見て、その場の全員が戦慄した。まさかこのタイミングで、最悪な魔物に出会ってしまったと絶望した。寡黙な男でさえも、その絶望ぶりは皆と大差なかった。

「『ブラックリザード』……」

誰かがそう呟く。かつてエルフの森を燃やし尽くした、S級の魔物の種族名を。

「なんでこんな森に……ブラックリザードがいるんだよ!!」

「アイツって……S級の魔物だよな!!　エルフの森を燃やし尽くして、騎士団を壊滅させた……最悪の魔物だよな!?」

「チクショウ……最悪じゃねェか!!」

「こんなの……どうやっても絶望だろ!!」

彼らは現状を嘆き、絶望する。S級の魔物を倒せるものなど、この場には存在しない。屈強で寡黙な男でさえも、A級相当の実力しかないからだ。A級とS級にはとてつもなく高い壁がある。

「……だが、今戦わなくていつ戦うというのだ」

しかし、屈強で寡黙な男は立ち上がった。勇気を振り絞り、拳を振るい、ブラックリザードに立ち向かったのである。

「ふんッ!!」

「リザァ!!」

男とブラックリザードは戦う。武器もないため、屈強で寡黙な男が本来得意とする棒術《ぼうじゅつ》は使えない。実力も負けていて、武器も使用できない現状。どう足掻いても絶望しかない。

だがしかし、男は敗北するわけにはいかなかった。この場で死んでしまえば、これまで必死に生きてきた意味がなくなってしまう。多くの仲間が死んで自分だけが生きてしまったというのに、こんなしょうもない死に方をしたくない。救えなかった故郷の仲間の分まで生き延びたかったというのに、こんなところで死ぬなんて嫌だ。彼はそう思い、敗色《はいしょく》が強い戦いに身を投じた。

「ふんッ!!」

「リザァッ!!」

ブラックリザードはブレスを放ち、尻尾を振るい、鋭い牙や爪を振るう。それらの攻撃を男はなんとか避けるが、少しばかり掠ってしまう。掠るだけでかなりのダメージが彼に入り、体力を抉る。

男の攻撃は、ブラックリザードには通じていないようだった。拳を振るうも、堅牢なウロコには通じない。蹴りを繰り出すも、男の脚にはまるで岩を蹴ったような無慈悲な感覚が通じてくる。それが男の心を抉り、深い絶望感を植え付ける。

「……情けないな、俺たち」

「何もできずに、ここで傍観することしかできないもんな……」

「俺たちにも……できることはあるだろう……!」

「お、おい!! 魔法だ!! 魔法を使えるヤツはいるか!?」

しかしながら、誰も挙手をしない。この場には魔法を使える者など、誰もいなかったのだ。

「ちくしょう……武器もなく、ここで……アイツの勝利を願うことしかできねェのかよ……」

「せめて……せめて武器さえあれば、手助けできるんだけどな……」

「頑張れ……頑張れ!!」

「応援しているぞ!!」

「頑張れ!! 俺たちには……応援しかできねェけど!! 勝ってくれ!!」

男の戦いを、彼らは眺める。彼らは願っている。男の勝利を。彼らは信じている。男の勝利を。そうしなければ、自分たちが死んでしまうからだ。

「ふんッ!!」

皆の応援のおかげか、男はブラックリザードを追い詰めていた。あと少しで倒せる、そんなところまでブラックリザードを弱らせていた。応援のおかげで彼の力が増し、S級にも匹敵するパワーを発揮したのである。

「いけぇえええええええええ!!」

「もう少しで勝てるぞぉおおおおおお!!」

「頑張れぇえええええええええ!!」

男の勝利は目前だ。誰もがそう思った。そのときだった。

「リザァアアアアアアアア!!」

ブラックリザードはブレスを放ってきた。これまでとは比較にならないほどに広範囲で、強力なブレスを。

「グッ……!!」

そしてそのブレスを、男は避けることができなかった。

「お、おい!! 大丈夫か!!」

「……この程度、カスリ傷だ」

「う、ウソつけ!! だって……」

「……心配するな。まだ戦える」

しかし、男は大ダメージを負っていた。皮膚は焼け、一部が炭化している。非常にグロテスクな状態であり、満身創痍であることは誰の目から見ても明らかであった。

「ブラックリザードよ。それが貴様の全力か？　その程度の弱火では、私を倒すことなど不可能だぞ」

「リザァアアアア!!」

「皆は……必ず私が守って見せる!!」

男とブラックリザードは駆ける。お互いに決着をつけるために。そんなときだった。

「――おらぁあああああ!!」

どこからともなく、謎の男が降ってきた。剣を携えて、ブラックリザードの頭頂部に男が降ってきたのだ。

謎の男はその勢いのまま、ブラックリザードの頭頂部に刃を突き刺した。

「リ、リザ……」

脳を貫かれたブラックリザードは、そのまま絶命。バタッとその場に倒れた。

「ふぅ……、よしッ!!」

「……何が『よしッ！』なんだよ。横取りだろ……」

「はァ……あ」

ブラックリザードを殺した男に続いて、もうひとりの男が駆けて来た。そしてブラックリザードを殺した男は、今になって初めて、周りに奴隷たちがいることに気付いたようだ。

「……アルガ、これって……」

「……横取りは重犯罪だよ」

「……だよな」

「……とりあえず、謝れば？」

こうして、ブラックリザードとの戦いは幕を閉じた。

◆

その後、奴隷たちは解放された。近くの町に向かう者、故郷に帰って今一度生存者がいないか確認する者など、様々に分かれた。アルガたちがブラックリザードを討伐したことに関しても、特に咎められることはなかった。むしろ、命の危機を救ってくれてありがとうと、逆に感謝をされた。

そしてアルガたちは今、街に戻ってきた。

「……奴隷たちを救ったのはいいけどよぉ、ソイツはどうするんだ？」

と彼が指さすのは、1匹のウルフ。奴隷たちから離れ、ウルフはひとりぼっちになってしまった。

「あぁ、俺が面倒を見ようと思っているよ」

「……マジか？」

「うん。だって俺はテイマーだからね」

あのままウルフが野生に帰ってしまえば、確実に死んでいただろう。ウルフは群れを構築して生きる生き物だ。そんなウルフがたった1匹で、それも子どものウルフが野生で生きることなど、絶対に不可能だ。

故にアルガはウルフの面倒を見ることにした。同情のため、という側面もある。だが何よりも、彼は戦力を欲していた。現状、彼が仲間にしたのはスライムとドラゴンのみ、さらなる戦力拡大のためにも彼はウルフを仲間にしたのである。

「大丈夫かよ、ソイツ」

「何を心配しているのかはわからないけど、俺はテイマーだぞ?」

「……まぁ、お前がいいならそれでいいけどよォ。そうだ、言い忘れていたけれどよォ、新たに仲間を募ろうと思ってンだよ」

「へぇ、それはいいね。新たな戦力を補充すれば、俺たちの戦闘にも幅が出るからな」

「……お前がもっと強かったら、仲間を補充する必要もなかったんだけどな」

「? なんか言った?」

「……なんにもねェよ。さ、寝るぞ」

「うん、わかった。小さい電気はつけてね」

「……ガキかよ」

◆

こうして、ウルフは彼の仲間になった。

ウルフ自身もあのまま野生に帰っていれば、自分が死ぬことは察していたため、アルガのテイムには一切抵抗はしなかった。人間のことを若干認めていたため、アルガにテイムされても構わないと思っていたことも一因である。

ところが、そのアルガはこの数か月後に追放されるのだが……それはまた別のお話だ。

《了》

あとがき

初めまして、作者の志鷹志紀です。
この度は拙作をお読みいただき、誠にありがとうございます。今作品のことが気に入っていただけましたら、作者としてとても嬉しいです。

あまり自分語りが得意ではないので、後は本作品の裏事情について語っていこうと思います。本作品はテイマーを主軸とした物語ですが、実は明確な元ネタとなった作品がございます。それは魔物をスカウトして仲間にして、配合などを行うという某ゲームです。作者はそのゲームのことが大好きで、幼少期からよく遊んでいました。そこで、こんなゲームの世界に行けたらいいなと思い、本作を執筆するにいたった次第です。
また本作にはヒロインが2名登場しますが、当初はヒロインをひとりも登場させる予定はありませんでした。ですがプロットを読み直したところ、ヒロインがいる方が物語に深みが出るだろうと思い、急遽《きゅうきょ》練り直して設定しました。

他にも様々な裏事情がありますが、ひとまずはこの辺りで終わらせておきます。残りは2巻で語ることとします。

それでは皆様、2巻で会える日を楽しみにしています。さようなら、バイバイ。

志鷹志紀

身体を奪われたわたしと、魔導師のパパ
1巻発売中！
池中織奈 ill. まろ
目を覚ましたら
「新しい身体！
新しい家族《ディオノレ》！
新しい生活！」
魂だけに!?
～身体を奪われた少女が魔導師と出会い、親子として歩みだす～
©Orina Ikenaka

アトハ
Written by Atoha
片倉響
Illustration
俺だけ使える
古代魔法
基礎すら使えないと追放された俺の魔法は、
実は1万年前に失われた伝説魔法でした
規格外の最強魔法で
無双する!!
禁忌とされた
魔法体系の
失われし知識《ミッシングリンク》
=古代魔法
1巻発売中!
©Atoha

追放された不遇職『テイマー』ですが、2つ目の職業が万能職『配合術師』だったので俺だけの最強パーティを作ります 1

発　行
2023年2月15日　初版第一刷発行

著　者
志鷹 志紀

発行人
山崎　篤

発行・発売
株式会社一二三書房
〒101-0003　東京都千代田区一ツ橋 2-4-3 光文恒産ビル
03-3265-1881

編集協力
株式会社パルプライド

印　刷
中央精版印刷株式会社

作品の感想、ファンレターをお待ちしております。
〒101-0003　東京都千代田区一ツ橋 2-4-3 光文恒産ビル
株式会社一二三書房
志鷹 志紀 先生／弥南せいら 先生

Printed in Japan, ISBN 978-4-89199-934-6 C0093
※本書は小説投稿サイト「小説家になろう」（https://syosetu.com/）に
掲載された作品を加筆修正し書籍化したものです。